愛することができる人は幸せだ

ヘルマン・ヘッセ

フォルカー・ミヒェルス＝編

岡田朝雄＝訳

草思社文庫

HERMANN HESSE
WER LIEBEN KANN, IST GLÜCKLICH
über die Liebe
Zusammengestellt von Volker Michels

愛することができる人は幸せだ◉目次

＊印の文章は、原典からの抜粋で、タイトルは編者によってつけられたもの。原タイトルはそれぞれ本文末尾に示した。なお、訳文では、編集者と相談の上で、原典よりも段落を多くしたことをお断りしておきたい（訳者）。

氷の上で

長い、厳しい冬であった。ぼくたちの美しいシュヴァルツヴァルトの川は、何週間も固く凍ったままだった。ひどく寒い朝、その川へはじめて行ったときの、あの奇妙な、不気味でうっとりするような気持ちをぼくは忘れることができない。川が深く氷はとても透き通っていたので、一枚の薄いガラス板ごしに足の下の、緑の水や、石の散らばった砂地の川底や、幻影のようにからみあった水草や、ときには一匹の魚の黒っぽい背中が見えたからだ。

ほとんど一日じゅうぼくは友人たちと氷の上を走りまわっていた。頰をほてらせ、手を蒼白にして、スケートの激しいリズミカルな動きに胸をふくらませて、少年時代特有のびっくりするほど向こう見ずな楽しみを追求する能力に満ちあふれて。ぼくたちはスピードを競ったり、幅跳びや高跳びを競ったり、鬼ごっこをしたりした。ぼくたちの仲間のうち、いまだに時代遅れの骨製のスケートを長靴に紐で結びつけて履いている連中が、かならずしも最も下手なスケーターというわけではなかった。けれど、ひとり、ある工場主の息子が一足の《ハリファックス》をもっていた。それは紐やベルトで靴に結びつけるのではなく、一瞬のうちに履いたり脱いだりすることができた。この「ハリファックス」という言葉は、それから何年間もぼくたちのクリスマスのお願いカードに書かれることになったけれど、願いはかなわなかった。

そして十二年後のあるとき、高級で質のよいスケートシューズを買いたいと思って、店で「ハリファックス」がほしいと言ったとき、ハリファックスはもう流行遅れで、とっくに最上のものではなくなりましたと、微笑みながら言われて、ぼくはひとつのあこがれと、子供のころの信仰のひとつを失って悲しい思いをしたものであった。

ぼくはたったひとりで滑走するのが一番好きで、よく夜になるまで滑っていた。ぼくは、疾走してスピードが最高に速くなったときに、どこでも思いのままに止まったり、ターンしたりすることができるようになり、バランスをとりながらみごとな弧を描いてふわりと空中に漂い、飛行家の楽しみを味わったりした。

ぼくの仲間たちは、氷の上で過ごす時間を利用して、女の子たちを追いかけまわしたり、言い寄ったりする者が多かった。ぼくは女の子たちには関心がなかった。ほかの者たちが少女たちに騎士のように奉仕したり、彼女たちの周りをあこがれに満ちておずおずと滑ったり、あるいは二人の少女の手をとって、大胆に、軽快にリードしたりしているあいだ、ぼくはひとりで滑走の自由なよろこびを味わっていた。

少女たちのリード役に対しては、ぼくはただ同情か、嘲りの気持ちしか抱いていなかった。何人かの友人の告白から、彼らの少女たちとつきあう楽しみが、実はどんなに心もとないものであるかを知っていると思ったからである。

ところが、もう冬も終わろうとしているある日のこと、あのノルトカッファーがまた、スケートシューズを脱いでいるエンマにキスをしたという生徒のあいだのニュースが耳に入った。このニュースを聞くと、突然ぼくの頭の血が駆けめぐった。

キスをした！　それはもちろん、少女たちをリードしたときの最高の楽しみとされる、ちょっと会話を交わしたとか、おずおずと手を握ったとかいう話とはまったく別のことであった。

キスをした！　それは、ある未知の、ぼくには閉ざされた、こわごわ想像していた世界から響いてくる音楽であり、それは、禁断の木の実のおいしそうな匂いを放ち、それは、何か秘めやかな、詩情ゆたかな、名状しがたいものの響きがあり、それは、ぼくたちの誰もが、暗黙のうちに、しかし想像の上では知っていて、以前退学させられた女たらしたちの伝説的な恋のアバンチュールの話からおぼろげに知っている、あのものすごく甘美な、身震いするほど誘惑的な世界に属するものであった。

ノルトカッファーは、どういうめぐり合わせで私たちの学校へ来たのか誰も知らない、十四歳のハンブルク生まれの生徒で、ぼくは彼をとても尊敬していた。彼の学校以外の場での盛んな名声のために、ぼくはしばしば眠れない思いをしたことがあったものである。そしてエンマ・マイヤーは、ゲルバースアウ中学では文句なしに一番すてきな女生徒で、ぼくと同い年の、金髪で、敏捷で、誇り高い女の子であった。

あの日以来、ぼくは心の中でさまざまな考えや不安を思いめぐらした。ひとりの女の子にキスをするなんて、それは何といってもそれだけでも、また明らかに学校の規則で禁じられ、してはいけないことと見なされていた点からも、これまでのぼくの夢想だにしなかったものであった。スケート場で少女の手をとってリードすることが、キスをするためには唯一絶好のチャンスであることが、ぼくにもすぐにはっきりとわかった。そのためぼくは、まず自分の身なりをできるかぎりきちんとするように心がけた。ぼくは自分の髪形に時間をかけ、細心の注意を払った。服の清潔さにすみずみまで気を配り、毛皮の帽子をきちんと額のなかばまでかぶり、姉たちにせがんで、赤いバラ色の絹のスカーフを貸してもらった。それと同時にぼくは、氷の上で自分の相手になりそうな少女たちにていねいにあいさつをしはじめて、このふだんとは違った表敬行為が、驚きをもって、しかし好印象で気づいてもらえたように思った。

それよりもはるかにむずかしかったのは、まず最初のきっかけをつくることであった。ぼくはこれまでまだ一度も女の子と「つきあった」ことがなかったからである。ぼくはこの重大な儀式を行なっている友人たちをひそかに観察することにつとめた。

幾人かの者はただお辞儀をひとつして、手を差し出した。ほかの者たちは何かわからないことを口ごもりながら言っていた。けれどはるかに多くの友人たちは、「栄誉をいただけるでしょうか？」という優雅な決まり文句を使っていた。この文句にぼくはとても感心した。それで、家で、ぼくの部屋の暖炉の前でお辞儀をしながらこの儀式ばった文句を言うけいこをして、それを覚え込んだ。

このむずかしい最初の一歩を踏み出す日がやって来た。すでにその前の日ぼくは、女の子に申し込みをしようと思った。けれど何もする勇気がなく、意気消沈して家に帰った。その日ぼくは、あれほど恐れていると同時にあこがれていたことを、どんなことがあっても実行しようと心に決めていた。犯罪者のように胸をドキドキさせて、ひどく重苦しい気持ちでぼくはスケート場へ行った。そしてスケートシューズを履くとき、ぼくの手はふるえていたように思う。それからぼくは大きな弧を描いて人びとの群れの中へ飛び込んだ。そしてできるだけふだんのように落ち着いた顔つきをよそおう努力をした。ぼくは長い滑走路をできるだけ速いスピードで二周滑った。肌を刺すように冷たい空気と、激しい運動でぼくは爽快な気分になった。

突然、ちょうど橋の下で、ぼくはものすごい勢いで誰かに突き当たった。そして動転して脇の方へよろめいた。ところが氷の上にはあの美しいエンマが、歯を食いしばって痛みをこらえてすわり込み、とがめるような目つきでぼくを見つめた。ぼくの目の前で世界がぐるぐるまわった。

「立つのを手伝ってよ！」と彼女は彼女の友だちに向かって言った。そのときぼくは、顔じゅうが真っ赤になって、帽子を脱ぎ、彼女の横に膝をついて、彼女を助け起こした。

こうしてぼくらはお互いに驚き、うろたえて立っていた。そしてどちらもひと言もしゃべらなかった。その美しい少女の毛皮のコート、顔、そして髪の毛が、異様なほど間近にあったためにぼくの感覚を麻痺させた。ぼくは心の中で謝罪の言葉を探したけれど、見つからなかった。それであいかわらず帽子を握りしめていた。すると突然、まだぼくの眼がもうろうとしているままに、ぼくは機械的に深々とお辞儀をして、口ごもりながら言った。「栄誉をいただけるでしょうか？」

彼女は何も答えなかった。が、ぼくの両手をほっそりした指でつかんだ。その温かさをぼくは手袋を通して感じた。そして彼女はぼくといっしょに滑りはじめた。ぼくは不思議な夢の中にいるような感じがした。幸福、恥ずかしさ、温かさ、よろこび、そして当惑の感情がほとんどぼくの息をつまらせんばかりであった。十五分ほどのあいだ、ぼくらはいっしょに滑っていた。それから彼女は、とある待避所で小さな手をそっと離して、「どうもありがとう」と言い、そこからひとりで滑って行った。ぼくの方は遅ればせに毛皮の帽子を脱いで、まだ長いことその場に立ちつくしていた。ずっと後になってはじめてぼくは、彼女が滑っているあいだじゅうひと言もしゃべらなかったことに気がついた。

氷は解けた。そしてぼくは、ぼくの試みをもう一度くりかえすことはできなかった。それはぼくのはじめての恋の冒険であった。けれどぼくの夢が実現して、ぼくの唇が彼女の赤い唇の上に重なるまでには、その後なお数年の経過が必要であった。

（一九〇〇年頃執筆）

遅すぎる

青春の恋に悩み恥じらいながら
おまえにおずおずと願いを打ち明けたとき
おまえは笑った
そして私の愛を
もてあそんだ

今おまえは疲れ　もう戯れることもない
暗い目つきでおまえは私を見て
苦しみの中から
愛を欲しがっている
昔、私がおまえに捧げた愛を

ああ　それはとうに燃えつきてしまい
二度ともどってくることはない
昔はそれはおまえのものだった！
今はもうそれは誰の名も知らず
独りでいることを望んでいる

（一九〇九年）

＊

性的に成熟する前の歳月には、若い愛の能力は男女両方の性をもっているだけでなく、ありとあらゆるものを、感情的なものも精神的なものももっているのである。そしてすべてのものに、愛の魔力とお伽の世界のような変身の能力を与える。それは選ばれた人びとと詩人たちにだけ、後年になってもときどき帰ってくる。

断章1──『荒野の狼』（一九二七年）より

＊

恋は、私たちを幸せにするためにあるのではありません。恋は、悩んだり、耐えたりするときに、私たちがどのくらい強くなることができるかを私たちに示してくれるためにあるのだと、私は信じています。

断章2──『ペーター・カーメンツィント』（一九〇四年）より

＊

人は恋に苦しみます。しかし、恋に身を捧げれば捧げるほど、恋は私たちを強くしてくれます。

断章3──（未公開書簡より）

＊

人は手に入れることが最もむずかしいものを、最も手に入れたいと思うものだ。

断章4―『ゲルトルート』（一九一〇年）より

＊

愛とは、すべてのものにまさることであり、すべてを理解できることであり、どんなに苦しいときにも微笑むことができることである。私たち自身を愛すること、私たちの運命を愛すること、運命が私たちに要求し、私たちのために計画しているものに、たとえ私たちがまだそれを見通せず、理解できない場合でも、自ら進んで従うこと――私たちが目ざしているのはこれです。

断章5―「愛の道」（一九一八年執筆）より

1880年，３歳のときのヘッセ。肩からさげているのは植物採集用の胴乱

ハンス・ディーアラムの見習い期間

一

皮革商人――かなり以前から「皮なめし屋」と呼びかけてはいけないことになっていた――のエーヴァルト・ディーアラムには、ハンスという息子があって、この息子のために彼はさんざん世話を焼かされた。ハンスはシュトゥットガルトの高等実科学校に通っていた。この発育のよい、元気な若者はその学校で年だけは重ねたけれど、成績や評判はさっぱりであった。彼は各学年を二度くりかえさなくてはならず、さらにまた観劇やビヤホール通いなどを覚えて満ちたりた生活を送っているうちに、ついに十八歳になって、同級生がまだ髭も生えていない未熟な少年なのに、彼はもうすっかり身体だけは堂々とした若旦那に育ってしまっていた。

しかし彼は最後の学年にもそう長くはついてゆけなくなり、彼の楽しみと向上心の舞台を、もっぱら学問とは無縁の社交とぜいたくな暮らしに求めてばかりいたので、父親は、こののんきな若者を退学させるようにと勧告された。本人のためにもならないし、ほかの生徒たちをもだめにするというのである。

こうしてハンスは、あるすばらしくよく晴れた春の日に、ふさぎこんだ父親といっしょにゲルバースアウに帰ってきた。そしてこのできそこないの息子をこれから先どうしたらよいかということが問題になった。軍隊に入れるというのが家族会議の望みであったけれど、それはこの春になってはもう遅すぎたのである。

するとこの若いハンスが、どこかの機械工場へ見習い工として行かせてほしい、という願いを申し出て両親を驚かせた。自分は技師になりたいし、その才能があると思うというのである。

まず第一に彼はそれを大まじめに考えていたのであるが、同時に大都市へ行かせてもらえるという、暗黙の期待も抱いていた。大都市なら、よい工場がいくつもあって、本業のほかに、快適な気晴らしや楽しみのチャンスもいくらでも見つけられると考えていたのである。ところがそれは彼の見込みちがいであった。というのは、あれこれと必要な相談をしたのちに、父親は彼にこう言ったからである。「おまえの願いをかなえてやろうとよく考えたが、当分のあいだこの土地におまえをとどめておくのがいいようだ。ここにはとびきりよい工場や見習いの場はないかもしれないが、そのかわり誘惑されたり脇道にそれたりする心配もないから」

けれど最後の点に関しては、あとになってわかるように、もちろん完全に正しいとは言えなかったのだが、それでもそれはよい考えであった。こうしてハンス・ディーアラムは、故郷の小さな町で父親の監督のもとに新しい人生行路を歩み出す決心をしなければならなかった。

機械工ハーガーが、ハンスを引き受けてもよいと言った。こうして気楽な若者はまどいながらも、毎日、機械工が着る青いリンネルの作業着を着て、ミュンツガッセから下手《しもて》の中洲《なかす》まで働きに行くことになった。この通勤は彼にははじめつらいものであった。それまで彼はかなり優雅な服装で同じ町の人びとの前に出るのに慣れていたからである。けれどもまもなく彼はそれに慣れることができて、このリンネルの服を仮装用の衣裳のようにまずまず楽しんで着ているかのようなふりをした。ところで仕事そのものは、あれほど長いあいだ学校で無駄に過ごした彼の気分を実に爽快にした。それどころかそれは彼の気に入って、はじめは好奇心を、それから向上心を、最後には彼の心にほんとうのよろこびをかき立ててくれたのである。

ハーガーの仕事場は、ひとつのかなり大きな工場の下手の川沿いぎりぎりのところにあった。若い親方ハーガーの仕事と収入源は、主としてこの工場の機械類の保守と修繕であった。親方の仕事場は狭くて古い。学歴などまったくない頑固一徹な職人だったハーガーの父親が数年前までそこの主であり、しこたまお金を稼いでいた。この仕事を受け継いだ息子は、拡張や更新を計画したこともあったけれど、古風で厳格な職人の慎重な息子として、やはり質素で小規模な工場から出発したのである。そして蒸気機関とかエンジンとか機械操作場などについて好んで話題にはしたけれど、勤勉に昔ながらのやり方で仕事を続け、一台の英国製の鉄材用の旋盤のほかは、まだとりたてて言うほどの新しい設備を買い入れてはいなかった。彼は二人の職工と一人の見習い工といっしょに仕事をしていたが、新しい無給見習いのハンスのために、作業台にちょうどひとつの席とひとつの万力が空いていた。この五人でも、狭い仕事場は充分いっぱいになってしまった。そのおかげで同業の遍歴職人[1]たちに職を求められても、あれこれ断りの言葉を考える必要もなかった。

　下っ端から勤め上げている見習い工は、小心で気のよい十四歳の若者で、新入りの無給見習いのハンスは、この見習い工に注意を払う必要はないと思った。職工のうちのひとりはヨハン・シェムベックといい、髪の黒い、やせた男で、控えめで、がむしゃらな努力家であった。もうひとりの職工は二十八歳の、美しくたくましい男であった。彼はニクラス・トレフツといい、親方の学友で、そのため親方とは「おれ・おまえ」で呼び合っていた[2]。ニクラスは、親方と同意の上で、まるで当然のように親方と共にこの仕事場の実権を握っていた。彼は体格と態度が立派であっただけでなく、賢く、勤勉な機械工で、親方になる能力を充分にそなえていた。仕事場の所有者であるハーガー自身は、人びとの前に出ると、心配性で、忙しそうなふりをしていたけれど、実はまったく満足しきっていて、ハンスからもたっぷりもうけていた。父親ディーアラムが息子のためにかなりの額の授業料を払わなくてはならなかったからである。

ハンス・ディーアラムの仕事仲間となった人びとは、こんなふうであった。言いかえれば、少なくともハンスの眼には彼らはそのように映った。はじめのうちは新しい仕事が、新しい人びとよりもずっと多くハンスのエネルギーを奪った。彼は金属板でノコギリの歯をつくることや、砥石や万力の扱い方、金属の見分け方などを習い覚えた。彼は鍛冶場で火を熾《おこ》すこと、鍛冶用の大ハンマーを振るうことや、金属を最初にヤスリで粗削りする方法などを学んだ。彼はドリルやノミを折ってしまったり、粗悪な鉄をさんざん苦労してヤスリでみがいたり、不出来なものをこしらえたり、身体をススやヤスリ屑や機械油で汚したり、指を金づちで打って怪我をしたり、旋盤に指を挟んだりした。すべてが周囲の人びとの嘲りを込めた沈黙の中で行なわれた。周囲の人びとは、金持ちの家のもう大人になった息子が、このような見習いの仕事をしなければならなくなったのをよろこんで眺めていたのである。

けれどハンスは落ち着いていた。仲間たちの仕事を注意深く観察し、午後の休憩時間に親方にあれこれ質問し、いろいろと試してみて、興味をもって仕事をし、まもなく簡単な仕事をきちんと、役に立つように仕上げて、この見習い工の能力をほとんど信用していなかったハーガー氏に利益をもたらし、驚嘆させることができるようになった。

「私は、あなたがほんのしばらくのあいだ機械工のまねごとをしてみたいだけなんだと、ずっと思っていましたよ」と、彼はあるときハンスをほめて言った。「けれどこんなふうに続けられれば、あなたはほんとうに機械工になれますよ」

　学校時代には教師の称讃や叱責にまったく関心のなかったハンスは、この最初の称讃を、飢えた者がうまい食べ物を味わうように味わった。そして職人たちもしだいに彼を認めるようになり、もうばか者を見るような目つきで見なくなったので、ハンスも自分が一人前になり株が上がったと思えるようになった。そして彼は周囲の人びとを興味と好奇心をもって観察しはじめた。

　最も気に入ったのは、聡明な灰色の眼をした、もの静かな、濃い金髪の大男、職工長のニクラス・トレフツであった。けれどこの男が新入りのハンスを寄せつけるようになるまでには、まだしばらく時間がかかった。しばらくのあいだ彼はこの名士の息子には何もしゃべらず、少し不信感を抱いていた。それだけいっそう、次席の職工ヨハン・シェムベックは親しみやすい態度を示した。彼はときどき一本の葉巻と一杯のビールをハンスから受け取り、ときどきハンスに仕事の際にちょっとした便宜を図ってやった。そして彼の職工としての体面をまったく損なわずに、この若者を味方に引き入れる努力をした。

あるとき、ハンスが彼とその晩をいっしょに過ごそうと誘ったとき、シェムベックは気さくに招きに応じて、八時に橋のたもとにある小さな居酒屋に来るようにと言った。こうして彼らはその居酒屋に入った。開け放たれた窓を通して川の堰《せき》がごうごうと音を立てるのが聞こえた。そして二リットル目のウンターレンダーワイン[3]で、この職工は口数が多くなった。彼はこの淡紅色の、まろやかな赤ワインを飲みながら、上等の葉巻をふかし、声をひそめてハーガーの工場の商売と家庭の秘密をハンスに話して聞かせた。

「親方が気の毒だ」と彼は言った。「親方は、あのトレフツ、あのニクラスの言いなりになっているんだ。あいつは乱暴者で、だいぶ前、当時まだ父親のもとで働いていたハーガーと喧嘩をして、こてんこてんにぶちのめしたことがあるんだ。彼はたしかに立派な職工だ。少なくとも良い仕事をする気になったときにはな。だが彼は工場全体を自分の思い通りにして、金は全然もっていないくせに親方よりいばっているんだ」

「でも、あの人は高給をとっているんじゃないですか」とハンスは言った。

シェムベックは笑って膝をたたいた。「とんでもない」と彼は目配せしながら言った。「彼は、あのニクラスはぼくよりたった一マルク多いだけなんだ。そしてそれにはちゃんとわけがあるんだよ。あのマリア・テストリーニを知っているだろう？」

「中洲地区のイタリア人のひとりですか？」

「そう、あの連中のひとりだよ。マリアはもう長いことトレフツと関係があるんだよ。あの女はおれたちの向かいの紡績工場で働いているんだ。おれはあの女があいつをそれほど慕っているとは全然思わないけどね。あいつはたしかにがっしりした背の高い男で、そういうのを小娘どもはみんな好きらしいね。けど、マリアはトレフツを本気で愛しているわけじゃないね」

「でも、そのことと給料とはどんな関係なんです？」

「給料と？　そうそう。つまりニクラスは彼女と関係があって、彼女のためにここに居続けているわけだが、それがなけりゃ、あいつはとっくにもっといい地位につけるんだよ。そしてこれが親方にも好都合なわけだ。親方は今以上の給料は払わない。そしてニクラスはテストリーニから離れる気がないので、退職しないわけだ。ゲルバースアウでは機械工はたいして出世もできず、高給も取れない。おれも今年いっぱいより長くはここに居る気はないんだ。ところがニクラスは居すわって、出て行かないんだよ」

　さらにハンスは、彼にはほとんど関心のないことをいろいろと聞かされた。シェムベックは、若いハーガー夫人の家族のこと、彼女の持参金のこと、その残りを彼女の老父が全部払おうとしないこと、そしてそのために夫婦のあいだに不和が生じたことなど、まったくいろいろなことを知っていた。これらすべてをハンス・ディーアラムは辛抱強くじっと聞いていたが、そろそろ潮時なので、席を立って家に帰ろうと思った。彼はシェムベックをワインの残りとともにそこに残して、立ち去った。

生暖かい五月の夜、家に帰る道で、ハンスはたった今ニクラス・トレフツについて聞かされたことを考えた。そしてニクラスが恋愛関係のために出世の機会を逃しているからといって、彼をばか者だなどとはとても思えなかった。むしろ彼にはそれはひじょうにわかるような気がした。ハンスは、髪の毛の黒い職工が話したことをすべて信じたわけではなかったけれど、この少女の話はほんとうだと思った。その話は彼の気に入って、彼の考えに合っていたからである。というのも、彼がもう最初の数週間ほどには新しい仕事の苦労や期待に忙殺されなくなって以来、静かな春の夜には恋人が欲しいというひそかな願望が少なからず彼を苦しめていたからである。学校時代、彼はこの方面では、もちろんまだほんとうに無邪気なものではあったけれど、最初の社交上の経験をいくらか積んでいた。けれど彼が青い作業着を着て、庶民の下層部に降りてきた今では、庶民の素朴でたくましい生活習慣に参加することもよいことで、誘惑的なことのように思われたのである。けれどそれに関してはなかなか進展しなかった。姉を通して知り合った市民層の娘たちとは、ダンスサロンやクラブ主催のパーティーでしか話せなかったし、その場合でも厳しい母親たちの監視のもとにあった。

そして職工や工場労働者のサークルには、そのときはまだハンスは彼らの仲間として受け入れられるまでには至っていなかった。

彼はあのマリア・テストリーニを思い浮かべようとしたけれど、思い出すことはできなかった。テストリーニ一族は、みじめな貧民居住地区の複雑な構成の大家族で、イタリア系の名前をもつかなり多くの家族とともに数えきれないほどの群れをなして中洲のほとりの一軒の古い、みじめな家に住んでいた。ハンスは子供時代から、そこには子供たちがうようよしていて、新年と、ときおりは新年以外のときにも、彼の父の家に物乞いに来たことを覚えていた。あのひどくみすぼらしい格好をした子供たちのひとりが今のマリアなのだろう。そして彼は、黒い髪と大きな眼をもつ、ほっそりしたイタリアの少女を、少し髪の乱れた、あまり清潔ではない服を着たイタリアの少女を想像した。けれど、彼が毎日仕事場のそばを通って行くのを見る女工たちのひとりがマリア・テストリーニであると想像することはできなかった。その若い女工たちの幾人かが彼にはとてもきれいに見えたからである。

実際、彼女の容姿は、彼の想像とはまったく違っていた。そしてほとんど二週間もたたないうちに、彼は思いがけなく彼女と知り合うことになったのである。

彼の工場の隣の、かなり老朽化した建物のひとつに、川沿いの薄暗い板張りの小屋があって、そこにいろいろな種類の在庫品が保管されていた。六月のある暖かい午後、ハンスはそこで仕事をしなくてはならなかった。彼は数百本の鉄の棒を数え直すのである。三十分か一時間、暑い仕事場から離れてこの涼しい小屋の中で過ごすことに異存はなかった。彼は鉄の棒をその強度に応じて整理し、それから数えはじめた。その際、彼はときどきその数をチョークで黒っぽい板壁に書きつけた。小声で彼は数え上げた。「九十三、九十四……」。すると低い女の声が笑いを含んだ小声で叫んだ。「九十五、百、千……」

びっくりして、また腹を立てて彼はさっと振り向いた。するとかなり低い、ガラスのはまっていない窓のところに、体格の良い、金髪の若い娘が立っていて、彼に向かってうなずきかけて、笑った。

「どうしたんですか？」と彼はいまいましそうにたずねた。

「すてきなお天気ね」と彼女は叫んだ。「ねえ、あんた、あそこの新しい見習いさんでしょ？」

「ええ。で、あなたはいったいどなたですか？」

「あたしを《あなた》って言ったわね！　いつもそんな上品に話さなきゃならないの？」

「おお、そうしてもよければ、《きみ》って言うこともできますよ」

彼女は彼のところへ入って来て、暗くて狭い部屋の中を見まわし、人差し指を濡らして、彼がチョークで書きつけた数字を消してしまった。

「やめろ！」と彼は叫んだ。「何をするんだ？」

「あんた、そのくらい空で覚えられないの？」

「チョークがあるのに、どうして？　これじゃ、もう一度全部数え直さなきゃならないじゃないか」

「あらそう、手伝いましょうか？」

「うん、頼むよ」

「それはわかるけど、あたしほかにすることがあるの」

「いったい何を？　そんなふうには見えないぜ」

「そう？　今度は急に失礼なこと言うのね。あんた、ちょっと優しくできないの？」

「うん、どんなふうにするのか、きみが見せてくれればね」

　彼女は微笑んで、彼のそばにぴったりと歩み寄り、ふくよかな温かい手で彼の髪の毛を撫で、彼の頬をさすり、微笑みを浮かべながら、彼の眼を間近にのぞきこんだ。彼はこんなことをまだ一度も経験したことがなかった。それで息苦しく、眼がくらむような気がした。

「すてきな人ね、かわいい」と彼女は言った。

　彼は「きみもね」と言おうとした。けれど心臓がドキドキして、ひと言も口に出せなかった。彼は彼女の手を取って、握った。

「あーっ、そんなにきつくしないで！」と彼女は小声で叫んだ。「指が痛いわ」

「ごめん」と彼は言った。

けれど彼女は、金髪のふさふさした頭を彼の肩の上にもたせかけ、優しく甘えるように彼を見上げた。それから彼女はまた温かみのある低い声で笑い、彼に親しげに、無邪気にうなずきかけると、走り去った。彼女を見送るために彼がドアの外に出たときには、彼女はもう姿を消してしまっていた。

ハンスはなお長いこと鉄の棒のあいだにとどまっていた。はじめのうちはとても気持ちが混乱して、熱く、どぎまぎしていたために、彼は何も考えられず、ため息をつきながらぼんやりと宙を見つめていた。が、まもなく彼はこの興奮状態を克服した。すると今度は、驚きのまじった抑えきれないよろこびが彼の胸に湧き起こってきた。アバンチュール！　ひとりの美しい背の高い少女が彼のところにやって来て、甘い言葉をささやき、愛撫してくれたのだ。それなのに彼はどうしたらよいのかわからなかった。彼は何も言わず、彼女の名前さえ知らず、彼女にキスをすることさえできなかった！　このことがその日一日じゅう彼を苦しめ、彼をくやしがらせた。けれど彼は、固い決意をもって、またこの上なく幸せな気持ちで、次の機会にはこのすべての埋め合わせをし、もうあんなばかで間抜けなまねはするまいと誓った。

彼はもう、どんなイタリア女のことも考えなかった。彼はたえず《次の機会》のことを考えて、その翌日、あらゆる機会を利用して数分間仕事場の外に出て、あたりを見まわした。

あの金髪の少女はしかし、どこにも現れなかった。そのかわりに、彼女は夕方ごろひとりの女友だちといっしょに、まったく平然と素知らぬ顔をして彼の仕事場に入って来ると、紡織機の部品のひとつの一本の細いレールをもってきて、それを研がせた。彼女はハンスなど知りもしないし、眼中にもないといったふうに見えた。そのかわり彼女は親方と少し冗談を言い交わし、それからレールを研いでいるニクラス・トレフツのところに歩み寄って、彼と小声で話し合った。

帰って行くとき、「さよなら」を言ってからはじめて彼女はドアのところでもう一度振り返って、温かいまなざしでハンスをちょっと見つめた。それから彼女は額に少ししわを寄せて、〈あんたとの秘密は忘れていない、あんたもそれを大事にしまっておいてほしい〉というように、まぶたをぴくりと動かした。そして彼女は行ってしまった。

ヨハン・シェムベックがそのあとすぐにハンスの万力のそばを通り過ぎながら、黙ってにやりと笑い、ささやいた。

「あれがテストリーニだよ」

「小さい方？」とハンスはたずねた。

「いいや、背の高い金髪の方だよ」

見習い工は自分の仕事の上にかがみこんで、激しい勢いでがむしゃらにヤスリをかけはじめた。彼はヤスリが笛のような音を立て、仕事場がふるえるほどの勢いでヤスリをかけた。これがおれの恋の冒険なのか！　だまされているのは誰なんだ？　職工長なのかおれなのか？　で、どうすればいいんだ？

恋愛事件がはじめからこんなにこんがらかって始まろうとは、考えてもみなかった。その日の夕方から夜半まで、彼はそのこと以外のことは何も考えられなかった。

ほんとうは、自分は今あきらめなければならない、というのがはじめからの彼の考えであった。けれど彼は、四六時中すてきな少女に夢中になって、彼女のことばかり考えて過ごした。そして、彼女にキスしたい、彼女に愛撫されたいという欲求は彼の心の中で途方もなく大きなものになってしまっていた。その上に女性の手で彼があんなふうに撫でられ、女性の口からあんなふうに甘い言葉をささやかれたのは、はじめてのことであった。理性と責任感がつい昨日生まれたばかりの恋慕の情に負けてしまった。この恋慕の情は、良心のやましさというかげりのために甘美さを増すことはなかったものの、弱まることもなかった。こうなったら、なるようになるまでだ。マリアはおれを好いているし、おれも彼女の愛に応えたい。

このような状態では、もちろん彼は快適な気分にはなれなかった。彼が工場の吹き抜け階段になっているところでマリアに会ったとき、彼はすぐに言った。

「きみ、ニクラスときみとのあいだはどうなっているの？　彼はほんとうにきみの恋人なの？」

「そうよ」と彼女は笑いながら言った。「あんた、そんなことしかあたしに聞くことがないの？」

「あるとも。きみが彼を好きなら、ぼくのことを好きになれるはずがないじゃないか」

「どうして？　ニクラスはあたしの愛人よ。いいわね、それはもうずっと前からそうだし、これからもそのままだわ。だけどあんたはとてもすてきな、かわいい人だから、あたし、あんたが好きなの。ねえ、ニクラスはとても厳しくて、無愛想なの。あたし、あんたにキスしたり、かわいがったりしたいのよ、ね、かわいい人。そんなのはいやなの？」

もちろん、彼はそれに異存はなかった。彼は黙って、思いを込めて彼の唇を彼女の花開いたような唇の上に重ねた。彼女は、彼がキスに経験がないことに気づいたので、笑ったけれど、彼をいたわり、なおいっそう彼のことを好きになった。

二

今まではニクラス・トレフツは職工長として、若い親方とも「おれ・おまえ」で呼び合う友だちとして仲良くやってきていた。それどころか彼は、彼が住んでいる親方の家でも、職場でも、まったく支配権を握っていた。最近、この親密な関係に少しひびが入ったように見えた。そして夏になるころには、この職工に対するハーガーの態度はとげとげしくなるばかりであった。彼はこの職工に対してときおり、自分が親方であることをはっきりと示し、もう助言を求めることもせず、機会あるごとにこれまで通りの関係を続けたくないことを彼に気づかせた。

親方に対して優越感をもっていたトレフツは、親方の態度に傷つくようなことはなかった。はじめのうち彼は、この冷たい仕打ちを不審に思い、ふだんとは違う親方の気まぐれと考えた。彼は微笑んで、落ち着いてそれを我慢した。けれどハーガーがイライラして不機嫌になる一方なので、トレフツはたえず注意して観察することにし、まもなくこの感情のもつれの原因を突き止めたと思った。

つまり彼は、親方と親方の妻とのあいだが何もかもうまくいっているわけではないことを知った。彼らは大声で喧嘩をするようなことは決してなかった。そうするには妻が賢すぎた。けれど夫婦は互いに避け合い、妻は決して仕事場に姿を見せず、夫は晩にはめったに家にいなかった。

この夫婦の不和が、ヨハン・シェムベックが知っていると言っていたように、舅《しゅうと》にこれまで出した以上のお金を出すよう説得できないことが原因なのか、夫婦の個人的ないざこざが裏に潜んでいるのか、いずれにしても家庭内には重苦しい空気が垂れ込めていた。妻はよく泣きはらした怒った顔をしていた。そして夫もまた、妻のことで何か悪いことを知ったかのようであった。

ニクラスは、すべてがこの家庭内の不和のせいであると確信して、親方のいらだった言動や粗野な仕打ちに仕返しはしなかった。彼をひそかに苦しめ怒らせたのは、シェムベックがこの感情のもつれを腹黒いずるいやり方で利用したことであった。

つまりこの男は、職工長が親方の不興を買うようになったのを知って以来、卑屈でへつらうような熱心さで親方に取り入ろうとしたのである。そしてハーガーが、それに迎合して、この陰謀家をはっきりとひいきにしたことは、トレフツにとって痛烈な打撃となった。

この不愉快な時期に、ハンス・ディーアラムは断固としてトレフツに味方をした。第一に、ニクラスはそのひじょうな力強さと男性的な性質によってハンスに感銘を与えた。第二に、ハンスはおべっか使いのシェムベックをだんだん疑わしく不快に感じるようになった。そして最後に、ハンスはニクラスに対して自分が犯し隠している罪を、自分の態度によって償っているという気持ちをもっていたのである。

ハンスとテストリーニとのつきあいは、短くあわただしい逢瀬にかぎられ、それも数度のキスと愛撫の域を超えるものではなかったけれど、それでも彼はやはり自分が不実なことをしていると意識しており、まったく清廉潔白な良心などもってはいなかった。それだけいっそう、断固として彼はシェムベックの陰口をはねつけて、強い讃嘆と同情を感じてニクラスの味方をした。ニクラスがそれに気づくまでにさして時間はかからなかった。彼はそれまでこの見習い工にはほとんど関心をもっていなかった。そして彼をただ役立たずの名士の坊やと思っていた。彼は今この見習い工を親しげな目つきで眺め、ときおり彼に話しかけ、ハンスが午後の休憩時間に自分のそばにすわるのを許した。

それどころか、ついにある晩、彼はいっしょに来るようにとハンスを誘いさえしたのである。

「今日は私の誕生日だ」と彼は言った。「それでぜひ誰かとワインを一本飲みたいと思ったのだ。親方は悪魔に取りつかれているし、あのシェムベックには私は用はない、あのろくでなしにはな。もしよかったら、ディーアラム、今日私といっしょに来てくれないか。夕食後にあの並木道のところで会おう。来られるかな？」

ハンスはひじょうによろこんだ。そして時間通りに行くことを約束した。それは七月はじめの暖かい晩であった。ハンスは家で急いで夕食を食べ、さっと身体を洗って、並木道へと急いで行った。そこではトレフツがもう待っていた。

トレフツは日曜日の晴れ着を着ていた。そしてハンスが青い作業着でやって来たのを見て、優しい非難を込めてたずねた。

「おや、まだ作業着を着ているのかい？」

ハンスはとても急いでいたのでと謝った。するとニクラスは笑った。「言いわけはいらないよ！　何といってもあんたは見習いだし、この汚い仕事着をまだそれほど着慣れていないから、着るのが楽しみなんだね。われわれ仲間は、仕事じまいのあと出かけるときには作業着を脱ぎたいのだよ」

　彼らは肩を並べて暗いマロニエの並木道を下って、町をあとにした。並木の最後の木立のうしろから突然ひとりの背の高い娘が歩み出て、職工の腕にぶら下がった。それはマリアであった。トレフツは彼女にひと言もあいさつせず、平然と彼女を連れて歩いて行った。その姿を見て、ハンスには彼女がトレフツに来るように言われたのか、自分からすすんでやって来たのかわからなかった。ハンスの心臓は不安に高鳴った。

「若いディーアラムさんも来たよ」とニクラスは言った。

「ああ、そうね」とマリアは笑いながら叫んだ。「見習いさんね。あなたもいっしょに行くんですか？」

「ええ、ニクラスが招待してくれたんです」

「それはよかったわね。ようこそお出でくださいました。すてきな若い方！」

「ばかなことを！」とニクラスは叫んだ。「ディーアラムはおれの同僚だ。それで今から誕生日を祝おうというんだ」

彼らは川のすぐそばの小さな庭の中にある「三羽ガラス亭」というレストランに着いた。室内から馬車の御者たちがトランプに興じながら話をしている声が聞こえた。外の席には誰もいなかった。

トレフツは室内にいる店主に窓越しにランプをもってくるようにと大声で頼んだ。それから彼はたくさんある粗削りの板のテーブルのひとつについてすわった。マリアは彼の隣に、ハンスは彼らに向かい合ってすわった。店主はあまり明るくない廊下のランプをもって出てきて、それをテーブルの上の一本の針金に吊した。トレフツは最上のワインを一リットルとパンとチーズと葉巻を注文した。

「ここじゃ寂しいわ」と少女はがっかりして言った。「中に入らない？　ここには誰もいないじゃない」

「われわれだけで充分だよ」とニクラスはいらだって言った。

彼はワインを分厚いバケツ型のグラスに注ぎ、マリアの前にパンとワインを押しやり、ハンスの方に葉巻を差し出して、自分も一本火をつけた。彼らは互いにグラスを打ち合わせた。それからトレフツは、まるで女の子など全然そこにいないかのように、ハンスと技術上のことについてこまごまとした話をはじめた。彼は片方のひじをテーブルについて前かがみになってすわっていた。マリアはしかし彼の隣でベンチの背にもたれて腕組みをし、薄暗がりの中で落ち着いた、満足した目つきでハンスの顔をじっと眺めつづけていた。そのため、ハンスはそれだけいっそう居心地の悪い思いがした。彼は当惑して、もうもうたる煙を吐いて自分を包んだ。

彼ら三人がいつか同じテーブルに並んですわるようなことになろうとは、ハンスは考えもしなかった。ハンスは目の前の二人が全然いちゃついたりしなかったのでうれしかった。そして彼はこの職工との会話にわざと熱中した。

庭の上の星におおわれた空を青白い夜の雲が流れて行き、レストランの中ではときおり話し声と哄笑《こうしょう》が響き、そのほかには低いざわめきを立てて暗い川が流れ落ちていた。マリアは身じろぎもせずに薄闇の中にすわり、二人の話がゆっくりと流れてゆくのを聞き、じっと眼をそらさずにハンスを見つめつづけた。ハンスはそちらを見やらなくても彼女の視線を感じとった。そしてそのまなざしが、あるときは彼に誘うように合図を送っているように思われたり、あるときは嘲り笑っているように思われたり、あるときは冷ややかに観察しているように思われたりした。

そのようにして一時間ほど過ぎた。そして会話はだんだんテンポが落ち、弾まなくなってきて、ついに途絶えてしまった。そしてしばらくのあいだ誰もひと言もしゃべらなかった。するとテストリーニが上体を起こした。トレフツは彼女のグラスにワインを注ごうとしたが、彼女はグラスを引っ込めて冷ややかに言った。

「いらないわ、ニクラス」

「いったいどうしたんだ？」

「誕生日なんでしょ。そしてあんたの恋人がそばにすわっていて、眠ってしまうかもしれないのよ。何にも言わず、キスもしないで、一杯のワインと一切れのパンのほか何もないの！　もしあたしの恋人が石でできた男だったとしても、もっと楽しいでしょうね」

「ああ、やめろ！」とニクラスは不満そうに笑った。

「ええ、やめるわよ！　あんたともやめるわよ。何といったって、あたしを見つめたい人はほかにだっているんだから」

「何を言うんだ？」ニクラスはひじをついた上半身を起こした。

「ほんとうのことを言っているのよ」

「そうか？　それがほんとうなら、今すぐ全部言ってしまったほうがいいぞ。おまえをつけまわす奴は誰なのか、たった今知りたい」

「おお、そんなの何人もいるわよ」

「おれはそいつの名前が知りたいんだ。おまえはおれのもので、もしおまえをつけまわす奴がいたら、そいつはごろつきで、おれと張り合おうってことだぞ」

「かまわないわ。あたしがあんたのものなら、あんたもあたしのもののはずよ。だったらそんなに乱暴になっちゃだめよ。あたしたち夫婦じゃないのよ」

「そうだ。マリア。残念だけどその通りだ。そしておれにはどうすることもできないんだ。それはおまえにもよくわかっているじゃないか」

「そんならいいわよ。それじゃ、前のようにもっと優しくして。そんなにすぐ怒らないでよ。いったい、このごろあんたどうしたっていうの！」

「腹の立つことがあるんだ。腹の立つことばかりさ。だが、さあ、もう一杯飲んで楽しもうぜ。そうでないと、おれたちはいつもこんなに機嫌が悪いんだとディーアラムが思うよ。おーい、カラスのおやじ！　おーい、もう一本ワインをくれ！」

ハンスはすっかり不安になってしまった。彼は今突如として起こった争いが、同じようにたちまちおさまったのを見て、驚いた。そして最後の一杯を楽しく平穏のうちにいっしょに飲むことに何の異存もなかった。

「それでは乾杯！」とニクラスは叫び、二人とグラスを打ち合わせ、ゆっくりと一息にワインを飲み干した。それから彼はちょっと笑って、声の調子を変えて言った。「まあ、いいとも、いいとも。だが言っておくが、おれの恋人がほかの誰かと事を起こした日には、まずいことが起こるぞ」

「おばかさん」とマリアが小声で言った。「また何を考えてんのよ」

「そう言っただけさ」とニクラスは穏やかに言った。彼は心地よさそうにベンチの背にもたれて、チョッキのボタンをはずし、歌いはじめた。

『ひとりの機械工がひとりの仲間をもっていた……』

ハンスも途中からいっしょに歌った。けれど彼は、マリアとはもう決してつきあわないことにしようと、心ひそかに決心した。彼は怖くなってしまったのである。

帰り道、マリアは下手の橋のたもとで立ち止まった。

「あたし帰るわ」と彼女は言った。「あんたも来る?」

「それじゃあ」と職工長はうなずいて、ハンスと握手をした。

ハンスは「おやすみ」と言い、ほっと息をついて歩きつづけた。ぞっとするような恐怖がその晩彼を襲い、心から離れなかった。彼は、もし職工長が彼とマリアのいっしょにいるところを不意に襲うようなことがあったら、どんなことになっていたことかと何度も想像せずにはいられなかった。この身の毛もよだつような想像が彼の決心を決定的なものとしたあとは、自分自身の心の中で、この決心を道徳的なものに美化することは簡単だった。その一週間後には彼はもう、自分がマリアとのたわむれをニクラスに対する高潔な心と友情から断念したのだと思い込んでいた。肝心なことは、彼が今ほんとうにその少女を避けたということである。

何日もたってはじめて、彼は思いがけなくマリアがひとりでいるときに出会った。

そのとき彼は「もうきみのところへは行けない」と、急いで彼女に伝えた。彼女はそのことを悲しんでいるように見えた。そして彼女が彼にしがみついて、何度もキスをして彼の心を変えさせようとしたとき、彼の心は重くなった。それでも彼は彼女に全然キスを返さず、無理に落ち着きをよそおって身体を離した。けれど彼女は彼を離そうとしなかったので、彼はひどい不安の中で、ニクラスにすべてを話すと彼女を脅した。すると彼女は叫び声をあげて言った。

「あんた、そんなことしないでよ。そんなことしたらあたし死ぬことになるわ」

「それじゃ、きみはやっぱり彼が好きなのか？」とハンスは苦々しく言った。

「ああ、なんてことを！」彼女はため息をついた。「ばかな坊や、あんた、あんたの方が好きだってことはよく知ってるじゃないの。そうじゃなくて、ニクラスがあたしを殺すってことよ。彼ってそういう人なの。あの人に何も言わないってあたしに誓ってよ！」

「いいよ。だけどきみも、おれをそっとしといてくれると約束してくれなくちゃだめだよ」

「あんた、もうそんなにわたしに飽きちゃったの？」

「ああ、やめてくれ！　だけどおれはもう彼に対して隠し事をすることはできないんだ。おれにはできない。どうかわかってくれ。だから約束してくれよ、な」

そこで彼女は彼と握手をしたけれど、彼はそのとき彼女の眼を見つめなかった。彼は静かに立ち去った。そして彼女は頭を左右に振りながら心底腹を立てて彼を見送った。《何という腰抜けめ！》と彼女は思った。

こうしてハンスにとってはふたたびつらい日々がやって来た。マリアによって激しくかき立てられ、いつも一瞬のあいだだけ鎮まっていた愛欲が今ふたたび満たされぬままとなったために、彼の心は激しくかき乱されるあこがれの思いでいっぱいになり、ただ厳しい労働だけがその日その日の苦しみを切り抜けさせたのであった。その労働は今、夏の暑さが増すとともに二倍も彼を疲れさせた。仕事場の中は、暑くて、うっとうしく、骨の折れる作業は半裸で行なわれたので、終始立ち込めている油の臭いと、鼻をつくような汗の悪臭が混じり合っていた。

夕方、ハンスはときどきニクラスといっしょに町の上手《かみて》の冷たい川の中で水浴びをした。そのあと彼は死ぬほど疲れてベッドに倒れ込んだ。そして毎朝、時間に間に合うように彼を起こすのに家人は苦労した。

おそらくシェムベックは例外として、ほかの者たちにとっても、仕事場でのつらい生活を耐え忍ばなければならなかった。見習い工は叱責され平手打ちをくらい、親方は終始荒々しくて激高しており、トレフツはやっとのことで親方のむら気と性急な気性を我慢した。彼もまたしだいに不機嫌になりはじめた。彼はなおしばらくはそのような状態を我慢していた。が、それからついに彼の堪忍袋の緒が切れた。ある日の昼、食事のあと、彼は親方を中庭で引き止めた。

「何の用だ？」とハーガーは無愛想に言った。

「きみと一度話がしたいのさ。きみはなぜか知っているはずだ。おれはきみが望んでいるだけちゃんと仕事をしているよ。それとも違うとでも言うのか？」

「その通りだよ」

「そうだろう。ところがきみはおれをまるで見習い小僧同然に扱っている。おれが突然きみに無視されるようになったのには、やはり何かわけがあるにちがいない。以前はわれわれはいつも仲良くやってきたじゃないか」

「やれやれ、いったいどう言えばいいんだ？　おれは、とにかくありのままのおれで、それ以外になりようがないんだ。きみも変なことを考えたもんだ」

「そうだとも、ハーガー。だが仕事では変なことはしていないぞ。そこに違いがあるんだ。おれは、きみが自分で自分の商売をだめにしているということだけはきみに言えるよ」

「それはおれの問題で、きみの問題じゃない」

「そうか、おれはきみを気の毒に思う。それではもうこれ以上何も言うまい。多分いつかひとりでに事態は変わるだろうよ」

彼は立ち去った。仕事場の入り口で彼は、二人のやりとりを聞いていたらしく低い声で笑っているシェムベックに出くわした。彼はこの男をぶちのめしてやりたいという強い衝動を感じたけれど、自分の気持ちを抑えて、落ち着いてこの男のそばを通り過ぎた。

彼は今、ハーガーと自分とのあいだには感情のもつれ以外の何かがあるにちがいないことがわかった。そしてそれが何かを探り出そうと心に決めた。もちろんこんな状態で仕事を続けるよりも、いっそのこと今日じゅうにでも退職を申し出たいのはやまやまであった。けれど彼は、ゲルバースアウから離れることはできなかったし、離れたくなかった。マリアのためである。それに反して、トレフツがいなくなることは、親方には不利益になるにちがいないのに、トレフツを自分のもとにおいておくことは親方には少しも重要なことではないように見えた。時計が一時を打ったとき、腹を立て、悲しく思いながらトレフツは中庭を横切って仕事場へ入って行った。

その日の午後、向こうの紡績工場でちょっとした修理の仕事があった。工場主が数台の機械を改造して、ある実験をしており、それにハーガーも関係していたので、こうしたことはよくあることであった。以前はこのような修理や改造はたいていニクラス・トレフツがやっていた。けれど最近はいつも親方が出かけて行き、助手が必要なときにはシェムベックか無給の見習い工ハンスを連れて行った。ニクラスはそれについては何も言わなかったけれど、それは自分に対する不信の念の表れのように思えて、心が傷つけられた。ニクラスはこのような機会にはいつもその工場のホールで働いているテストリーニに会った。それで彼はその工場の仕事をテストリーニに会うためにしているかのような印象を与えないように、その仕事を自分がしに行くと言う気にはなれなかった。

今日もまた親方はシェムベックと出かけて行き、ニクラスに仕事場の監督をまかせた。一時間たった。するとシェムベックがいくつかの道具をもって帰ってきた。

「どの機械を修理したんです?」と、その工場での実験に関心をもっていたハンスがたずねた。

「三台目だよ。すみっこの窓のところの」とシェムベックは言って、ニクラスの方を見やった。

「おれが全部ひとりでやらなけりゃなりませんでしたよ。親方はとても楽しそうに話してましたからね」

ニクラスはこの話に聞き耳を立てた。その機械のところではテストリーニが働いていたからである。彼は自分の気持ちを抑えて、この同僚とは関わり合うまいと思ったけれど、その意志に反してうっかり質問が口をついて出てしまった。

「誰とだよ、いったい?　マリアとか?」

「まさしくその通り」とシェムベックは笑った。「親方は彼女に本格的に言い寄っていたよ。もちろん彼女も親方に愛想がいいから、何の不思議もないわけさ」

トレフツはもうそれには答えなかった。彼はマリアの名をこの男の口からこんな調子で聞きたくなかった。彼はふたたび激しい勢いでヤスリを動かしはじめた。そしてそれをやり終えてしまったとき、まるですべての考えを自分の仕事に集中しているかのように、内径計測ゲージで念入りに計測した。けれども彼の心の中にあるものは別のことであった。ひとつの不快な疑惑が彼を苦しめた。そして彼がそれを考えれば考えるほど、これまであったすべてのことがこの疑惑と符合するように思われた。

マリアをしつこくつけまわしているのは親方なのだ。だから少し前からいつも自分で紡績工場へ出かけて行き、おれがそこへ行くのを許さなかったのだ。それで彼はおれに対してそれまでと打って変わってあんなに粗暴でイライラした態度をとったのだ。彼は嫉妬していたんだ。そしておれが退職して、出て行ってしまうように仕向けたんだ。

だがおれは出て行かないぞ。それを知った今はなおさら出て行く気はない。

その晩、彼はマリアの住まいを訪ねた。彼女はいなかった。それで彼は家の前のベンチにすわって、そこで晩の暇つぶしをしている女たちや若者たちのあいだで、十時まで待っていた。彼女が帰って来たとき、彼は彼女と家に上がって行った。

「待ってたの？」と彼女は階段を上りながらたずねた。けれど彼は返事をしなかった。黙ったまま、彼は彼女のあとについて部屋に入って行き、うしろ手にドアを閉めた。彼女は振り向いてたずねた。

「ねえ、また頭が変なの？　いったい何が不足なのよ？」

彼は彼女をじっと見つめた。「どこへ行ってたんだ？」

「外よ。あたし、リーナとクリスチアーネといっしょにいたのよ」

「そうか」

「それであんたは？」

「おれは下で待ってたんだ。少しおまえと話がある」

「ああ、またなの！　じゃあ、話してよ」

「おれの親方のことでさ、おまえ。親方はおまえを追いかけまわしてるんだろう」

「あの男？　ハーガー？　やれやれ、そんなのほっときなよ」

「そんなことはさせないぞ。絶対に。いったいどういうことになってるのか、知りたいんだ。親方はおまえたちのところでする仕事があると、今ではいつも自分で出かけて行く。そして今日、彼はまたほとんど午後のあいだじゅうおまえの機械のところにいた。さあ、言えよ。彼はおまえとどういうことになっているんだ？」

「何にもしてやしないわよ。あたしとおしゃべりしてるのよ。それにそれをあんたは彼に禁止することはできないわよ。あんたの望み通りにするとすれば、あたし、いつもガラスの箱の中にすわってなきゃならないわ！」

「おれは冗談言ってるんじゃないぞ、おまえ。彼がおまえのところにいるときに何をしゃべっているのか、それをおれは知りたいんだ」

彼女はうんざりしてため息をつき、そしてベッドに腰をかけた。「ハーガーなんかほっときなよ！」と彼女はイライラして叫んだ。「いったいあたしが彼とどんな関係になっているって言うの？　彼はちょっとあたしに惚れていて、あたしに言い寄ってるだけ」

「おまえはあの男に平手打ちをくわさなかったのか？」

「やれやれ。それじゃあ、彼をすぐに窓から放り出せって言うの？　なぜそんなことをしなきゃならないの？　あたしはただあの男にしゃべらせて、笑いものにしてるだけよ。今日あの男は言ったわ。あたしにブローチをあげるよって――」

「何を？　ほんとうか？　それでおまえは、おまえはあの男にどう言ったんだ？」

「ブローチなんかいらないってよ。そして家のおかみさんのとこへ帰りなよってさ。――だけどもうやめて！　なんてひどいやきもちなの！　あんただってまさか本気でそんなこと考えてるわけじゃないでしょ」

「うん、考えてはいない。じゃあ、おやすみ。おれも帰らなきゃ」

彼はそれ以上そこにとどまることなく立ち去った。が、彼は、実際マリアの言ったことを疑っているわけではなかったけれど、安心したわけではなかった。ただ彼は、はっきりと意識はしなかったものの、彼女が彼に誠実なのは、なかば彼を恐れているからだということをおぼろげに感じていた。

おれがこの土地にいるかぎりは、彼女がおれを愛していることに確信がもてる。けれどおれが遍歴しなくてはならなくなったら、おしまいだ。マリアはうぬぼれが強く、甘い言葉を聞くのが好きで、年少のころから恋の経験もしている。それにハーガーは親方で、金持ちだ。ふだんはとてもけちな彼が、彼女にブローチを贈るとまで言ったのだ。

ニクラスは一時間ほど路地から路地へとさ迷い歩いた。そのうちに窓がひとつずつ暗くなり、とうとう明かりが灯っているのは居酒屋だけになった。もちろんまだ何も悪いことが起こってはいないのだ、と彼は考えようとつとめた。けれど彼には、将来が、明日が、そして親方がマリアを執拗に追いまわしていることを知っていながら、その男と並んで立ち、いっしょに仕事をし、話をしなくてはならない毎日が不安であった。いったいどうなるのだろう。

疲れ果て、心の平衡を失って、彼はとある居酒屋へ入り、ビールを一本注文した。そしてグラスを一杯ぐっと飲み干すごとにしだいにさわやかな気分になって、心が落ち着くのを感じた。彼はめったにアルコールを飲まず、たいていは腹が立ったときとか、いつになくうきうきした気分になったときだけであった。そして彼はおよそこの一年のあいだ酔っ払ったことがなかった。彼は今、なかば無意識にどうにでもなれという気持ちで飲みつづけた。そしてこの飲み屋を出たときには、したたかに酔っぱらっていた。それでもなお彼には、このような状態でハーガーの家に入って行くことは避けるだけの分別は残っていた。彼は並木道の下手に昨日刈り取られたばかりの牧場があることを知っていた。そこへ彼は乱れた足どりで行き、夜は積み重ねられている干し草の中に倒れ込んで、そのますぐに寝入ってしまった。

三

次の朝ニクラスが、疲れた、青ざめた顔をして、それでもちゃんと時間通りに仕事場に入って行くと、親方とシェムベックが偶然にも、もう来ていた。トレフツは落ち着いて自分の席に着き、仕事に取りかかった。すると親方が彼に向かって叫んだ。

「そう、きみもやっぱりやって来たのか？」

「おれはいつものように一分たりとも遅れずにやって来たよ」とニクラスはやっとのことで平静をよそおって言った。

「ほら、そこに時計があるだろう」

「それじゃきみは一晩じゅうどこに隠れていた?」

「それがきみとどんな関係があるんだ?」

「言っておこう。きみはおれの家に住んでいる。おれの家の中では規律が必要なんだ」

ニクラスは大声で笑った。もう彼には、どんなことが起ころうと、どうでもよくなった。彼はハーガーと、そのばかげたひとりよがりと、すべてのことにうんざりしてしまった。

「なぜ笑うんだ?」と親方は怒って叫んだ。

「これが笑わずにいられるか、ハーガー。おれは愉快なことを聞くと笑わずにはいられないのさ」

「愉快なことなんて何もないじゃないか。気をつけろ」

「あるんだよ。いいか、親方さん。規律とはきみもうまいことを言ったもんだぜ。『おれの家の中では規律が必要だ』とな。威勢よくきみはそう言った。ところがまったくそれが笑わせてくれるぜ。規律なんて言っときながら、当の本人が守らないんだからな」

「何だと? おれが何をした?」

「家の中で全然規律を守ってないってことだよ。われわれときみは喧嘩をし、どんなちょっとしたくだらんことでも大騒ぎをするじゃないか。たとえばきみの奥さんとはいったいどうなってるんだい？」

「やめろ！　犬め、貴様！　貴様は犬畜生だ」

ハーガーは跳んで来て、脅すように職工の前に立った。けれど彼より三倍も強いトレフツは、ほとんど親しげな目つきで彼に目配せした。

「落ち着けよ！」と彼はゆっくりと言った。「話をするときには丁重にしなくてはな。きみはさっき、おれに全部話させなかった。きみの奥さんをおれは気の毒に思ってはいるが、もちろんおれの知ったことではない」

「黙れ、きみ。さもないと――」

「あとでだ。おれがしゃべり終わったらな。それできみの奥さんは、言っておくが、おれには関係がない。そしてきみが工場の娘っ子たちを追いまわしても、おれとはまた何も関係がない。助平猿のきみがね。だが、マリアはおれに関係があるんだ。それはきみもおれと同じくらいよく知っているはずだ。それで、もしきみがおれの女に指一本でも触れたら、ただじゃ済まないぜ。それだけは肝に銘じておいてくれ。――そう、おれの言いたかったことはそれだけだ」

親方は怒りのあまり真っ青になったけれど、ニクラスに暴行をはたらくことはあえてしなかった。

このやりとりのあいだにハンス・ディーアラムと見習い工が出勤してきて、この穏やかな朝のひとときに早くも荒れ狂っている怒鳴り声と罵声に驚いて、入り口に立ちつくしていた。親方はスキャンダルを起こさない方がよいと考えた。そこで彼は自分のふるえ声を抑えるために、しばらくのあいだ必死にこらえて我慢した。

それから彼は大きな声で落ち着いて言った。

「それではもう結構だ。きみは来週出て行くがよい。おれは新しい職人をひとり雇うつもりだ。——さあ、仕事だ、みんな、はじめろ！」

ニクラスはうなずいただけで、返事をしなかった。彼は旋盤に一本のピカピカ光るスチールのシャフトを注意深くねじ込み、旋削バイトをかけてみたけれど、また取りはずして、砥石のところへ行った。ほかの者たちもひたすら仕事に専念した。そして午前中ずっとこの仕事場の中ではほとんど誰も話をしなかった。ただ休憩のときに、ハンスは職工長のところへ行って、彼がほんとうに辞めてしまうのかどうか小声でたずねた。

「もちろんだよ」とニクラスは短く言ってよそを向いた。

昼休みの時間に彼は食事に行かずに、倉庫のカンナ屑の上で眠って過ごした。彼の解雇のニュースはしかし、シェムベックを通じて昼休みのあいだに紡績工場の労働者たちの耳に入った。そしてテストリーニはその午後すぐに、彼女の女友だちからそれを聞いた。

「あんた、ニクラスが辞めてしまうのよ。あの人、解雇を言い渡されたんだって」

「トレフツが？　嘘！」

「ほんとうよ。シェムベックがほやほやのニュースを触れ歩いたのよ。あの人がいなくなっちゃうのは残念ね。そうじゃない？」

「そうよ。それがほんとうならね。けど、あのハーガーはそれにしても助平野郎よ、あいつは！　もうずっと前からあたしと関係をもちたがってんだから」

「やめときー　あたしならあいつの手にツバを吐きかけてやるわ。結婚してる男なんかと、娘は決してつきあうもんじゃないわ。悪い評判が立つだけで、そのあとでは誰もあんたと結婚してくれないわよ」

「そんなことはあたしにはどうでもいいことよ。結婚なんてあたし、もう十回だってできたのよ。それも監督とだってね。ただあたしがその気になりさえすればね」

彼女は親方のことは成り行きにまかせるつもりでいた。彼が彼女の思い通りになることは確実であった。けれどトレフツが行ってしまったら、彼女は若いディーアラムを自分のものにしたかった。ディーアラムはほんとうにかわいくて、生き生きしていて、とても礼儀をわきまえていた。その思いがあっただけで、彼が金持ちの息子だなどということは、彼女は考えてもいなかった。お金なら彼女はハーガーか、ほかの誰かから手に入れることができた。けれどあの無給の見習い工が彼女は好きだった。彼はハンサムでたくましく、それでいてまだほとんど坊やであった。彼女はニクラスを気の毒に思った。そして彼女は彼が行ってしまうまでのこれからの数日を恐れた。彼女は彼を以前は愛していたし、彼をあいかわらずすばらしく立派で美しいと思ってはいたけれど、彼はあまりにもしょっちゅう不機嫌になり、不必要な心配をし、いつも結婚を夢見ていて、最近は嫉妬ぶかくなりすぎていたので、彼がいなくなってしまっても、彼女にとってはほとんどつらくはなかったのである。

その日の夕方、彼女はハーガーの家の近くでニクラスを待っていた。夕食のすぐあとで彼はやって来た。彼女はあいさつをして、彼と腕を組み、そして彼らはゆっくりと郊外の方へ散歩に行った。

「あの人があんたを解雇したってほんと?」と彼女は、彼がそのことについて何も話さないのでたずねた。

「そうか、おまえももう、それを知っているのか?」

「そうよ。それであんたの本心はどうなの?」

「おれはエスリンゲンへ行く。あそこにはもうずっと前から誘われている勤め口があるんだ。もしもあそこに何もなかったら、遍歴するつもりだよ」

「それであんたはあたしのことは考えてないの?」

「考えてるなんてもんじゃないよ。どうして我慢したらいいかわからないくらいだ。

おれはいっそ、おまえを連れて行きたいといつも考えてるんだ」

「そうよ。それができれば言うことないけどね」

「いったいどうしてそれができないんだ？」

「ああ、どうかよく考えてよ！　あんただって浮浪者みたいに女を連れて遍歴するわけにはいかないじゃないの」

「それはそうだ。だがおれが働き口を見つけたら――」

「いいわよ、それが見つかればね。問題はそのことなのよ。あんたいったい、いつ旅に出るつもりなの？」

「日曜日だよ」

「それじゃ、そう決まったらその前に手紙を書いて、手続きしなきゃあね。そしてあっちで勤め口を見つけてうまいぐあいにいったら、あたしに手紙を書いてよ。それからどういうことになるか待つことにしましょうよ」

「そうなったら、おまえはすぐにおれのところへ来なきゃだめだ」

「いいや、まずあんたはあっちでその働き場所が良いかどうか、そしてそこに居つくことができるかどうか。見きわめなきゃいけないわ。それから多分あんたは、私の勤め口もあっちでうまく見つけられることになるわよ。ね？　そうなったら、もちろんあたしは行けるし、あんたをまた慰めてあげられるわ。あたしたちは今ちょっとのあいだ辛抱しなくちゃならないわね」

「そうだ。歌にあるようにな。《何がその若者に必要か? 辛抱、辛抱、辛抱だ!》――辛抱なんて悪魔にさらわれろ! だが、おまえの言う通りだ。それはほんとうだ」

彼女は彼を楽観的な気分にすることに成功した。彼女はいろいろたっぷりと、うまいことを言い聞かせた。彼女は彼のあとについて行くことなど毛頭考えてはいなかったけれど、さしあたって彼にちゃんと希望をもたせなくてはならなかった。そうでなければ、それに続く日々が耐えがたいものになるからである。そして彼女はほんとうはもう彼を見捨ててしまっていたのであり、彼がエスリンゲンかどこかほかのところでまもなく彼女のことを忘れてしまい、ほかの女性を見つけるだろうということに確信をもってはいたものの、それでもやはり感動しやすい心をもった彼女は、別離を前にして感傷的になっていたので、もう長いことしたことがなかったほど彼に優しく温かい態度をとった。それでしまいには、彼はほとんど陽気にさえなった。

それはしかし、マリアが彼のそばにいたあいだだけしか続かなかった。彼が家に帰ってベッドのはしに腰をかけるかかけないうちに、すべての確信が消えうせた。ふたたび彼は、不安に満ちた不信の念に苦しめられた。彼女が彼の解雇の知らせを実際はまったく悲しんでいなかったことに、彼は突然気がついた。彼女はそれをまったく深刻に考えず、彼がやはりここにとどまっていることはできないのか、ということさえ一度もたずねなかった。たしかに彼はとどまることはできないが、彼女はたずねてもよかったはずである。そして彼女の将来のさまざまな計画も、彼にはもう決してそれほど納得のいくようなものに思えなくなった。

彼はその日のうちにエスリンゲンに手紙を書くつもりであった。けれど彼の頭は今、空っぽで、みじめで、それに疲労が突然彼を襲ってきたので、服を着たまま眠り込んでしまうところであった。彼は力なく立ち上がって、服を脱ぎ、ベッドに横になった。けれど彼には、まったく落ち着かぬ夜であった。

もう何日ものあいだ、この狭い河畔の盆地に居すわっている蒸し暑さは、時間がたつにつれてひどくなり、遠い雷が山々の向こうでとどろき、空ではたえまなく稲妻がひらめいたけれど、それでも雷雨やにわか雨が風と涼しさをもたらそうとはしなかった。

翌朝ニクラスは、疲れ果て、醒めて、不愉快な気分であった。彼の昨日の反抗心も、大部分消え失せてしまっていた。行ってしまえば郷愁の思いに苦しむだろうという予感が、彼を圧迫しはじめていた。いたるところで彼は、親方や職人や見習い工や工場労働者や女工たちがいつもと変わらぬ気持ちで彼らの仕事場へ行き、夕方にはまたそこから出て来るのを見た。それどころか、どんな犬でさえも彼らの故郷と家にいる権利を楽しんでいるように見えた。それなのに彼は、自分の意志に反し、納得のいく理由もなしに、彼が好んでいる仕事と彼の小さな町と別れて、ここで彼がこんなにも長いあいだ誰にも妨害されずにもっていたものを、ほかの場所で乞い求め、手にいれる努力をしなくてはならないのであった。

このたくましい男が弱気になった。黙々と、良心的に彼は自分の仕事に専念し、親方とそれにシェムベックにまで親しげに朝のあいさつをした。そしてハーガーが自分のそばを通り過ぎるたびに、彼をほとんど哀願せんばかりの目つきで見つめて、終始自分はこれほど従順にしているのだから、ハーガーが解雇を気の毒に思って、その通告を撤回してくれはしまいかという望みをもった。

けれどハーガーはトレフツのまなざしを避けて、トレフツはもうそこにおらず、自分の家にも仕事場にも所属していないかのような態度をとった。ハンス・ディーアラムだけは彼の味方をした。そして反抗的な態度でことごとに、自分が親方やシェムベックのことなど何とも思っていないこと、そしてこの仕事場の状況を決して承服していないことをはっきりと示した。けれどそれは、ニクラスを助けることにはならなかった。

しかもトレフツがその日の夕方、悲しく、暗い気分で訪ねて行ったテストリーニは、彼に全然慰めを与えなかった。彼女は彼を愛撫したり、優しい言葉で甘やかしたりはしたけれど、彼女も、彼が辞めてしまうことについてはすでに決定した、変更できない事柄としてほとんど冷静に話した。そしてトレフツが、彼にとっては慰めの根拠であるさまざまの提案や計画について話をはじめたとき、彼女はその話に乗りはしたものの、すべてをそれほど真剣に考えていないように見え、彼女自身が言い出した提案のいくつかは、明らかにもう忘れてしまってさえいた。彼はその夜、彼女のところで過ごすつもりであったけれど、考えを変えて、早めに立ち去った。

悲しい気分で彼は町の中をあてもなくさ迷い歩いた。孤児であった彼が他人のもとで成長し、今ではほかの家族が住んでいる郊外のその小さな家を見たとき、学校時代と、徒弟時代と、その当時のいくつかの楽しかったことがちらっと頭に浮かんだけれど、それは無限にはるかな昔のことのように思われて、失われてしまったもの、そして無縁になってしまったものをぼんやりと思い起こさせて、彼の心を動かしたにすぎなかった。ついに彼は、自分には不慣れなこのような感傷にひたることがいとわしくなった。そこで彼は葉巻に火をつけて、平然とした顔で、あるビヤガーデンに入って行くと、そこには紡績工場の数人の工員がいて、すぐに彼を見つけた。

「どうしたの」とひとりが彼に呼びかけた。「きみは別れを祝って、われわれに少しおごってくれるんだろう？」

ニクラスは笑って、この数人の工員の仲間入りをした。彼は一人当たりグラス二杯ずつビールをおごる約束をした。そのかわりに彼は、〈こんなに感じが良くて好かれている男が行ってしまうなんて、何と残念なことか、それでもやっぱり彼は、結局はここに残るのではないか〉ということを四方八方から聞かされた。

彼はそのとき、退職は自分の方から言い出したことであるかのようなふりをした。そして彼がありつくはずのいくつかの良い勤め口のことを自慢した。歌が一曲うたわれた。みんなグラスを打ち合わせ、騒ぎ、大声で笑った。そしてニクラスもまたみんなに巻き込まれてわざと陽気に騒いで見せたけれど、こんなふるまいは自分にはふさわしいことではなく、心の中で恥ずかしく思った。けれど彼は、ともかく陽気な仲間たちのまねをしようと思った。そしてそれにおまけをつけるために、店の中へ入って行って、そこで葉巻を買った。

彼がふたたびビヤガーデンにもどってきたとき、彼は工員たちのテーブルで自分の名が言い交わされるのを聞いた。そこではほとんどの者が軽く酔っ払っていて、しゃべりながらテーブルの上をたたき、どうしようもないほど笑いころげていた。ニクラスは自分のことが話題になっていることに気づいて、一本の木のうしろに隠れて立ち、耳を澄ました。彼が自分に向けられていると思われる野卑な哄笑を聞いたとき、彼の浮かれた気分はすっと消え失せてしまった。注意深く、そして苦々しい気持ちで彼は暗がりに立ち、自分について話されていることを盗み聞きした。

「アホだよ、あいつはもう」と、わりともの静かな工員のひとりが言った。「だけどハーガーはやっぱりもっとアホかもしれないな。トレフツは多分この機会にあのイタリア女と別れられるのをよろこんでいるかもしれないぜ」

「その点では、おまえはあの男を見そこなっているよ」ともうひとりが言った。「あの男はあの女にくっついたまま離れはしないよ。それにあの男は頭がにぶいもんだから、どんなことになっているのかさえきっと知らないよ。あとで一度試してみよう。そしてあの男をちょっとくすぐってやろうぜ」

「だが、注意しろよ！　ニクラスは荒れるかもしれないぞ」

「ああ、あいつは！　あいつはもちろん何も気がつきはしないよ。昨日の夕方あの男は彼女と散歩していたよ。そしてあいつが家でベッドに入るか入らないうちにハーガーがやって来て、彼女といっしょに出かけたよ。あの女は、もちろん誰の相手でもするのさ。あの女が今日誰をくわえこんでいるか、知りたいもんだよ」

「そうだ。ディーアラムともあの女は関係しているよ。あの見習い坊やとだよ。それでもやっぱり、いつでも相手は機械工でなくっちゃならないようだぜ」

「それと、相手は金をもってなきゃならん！　だけどあのディーアラムの小倅《こせがれ》のことはおれも知らなかったぜ。おまえ、自分で見たのか？」

「そうともさ。あの奥の倉庫の中でと、一度は階段のところでな。あの二人は夢中でキスし合っていたんで、おれはまったくぎょっとしたよ。あの小僧はちょうどあの女と同じように早々と始めているわけさ」

ニクラスはそれ以上は我慢できなかった。この連中の中に飛び込んで、さんざん殴ってやりたい衝動を感じたけれど、彼はそっとその場から立ち去った。

ハンス・ディーアラムもこの数夜来、よく眠れなかった。マリアへの思慕、仕事場での不快な事件と蒸し暑さが彼を苦しめた。そして彼は、朝ときどき仕事場に遅刻して来ることがあった。

その翌日、彼が急いでコーヒーを飲んで、階段を急いで下りて行ったとき、驚いたことに、ニクラス・トレフツが彼の方に向かってやって来た。

「こんにちは」とハンスは呼びかけた。「何かニュースがあるんですか?」

「町の外の製材所で仕事がある。いっしょに来てくれ」

ハンスは、ひとつにはトレフツが自分に突然「おまえ」で話しかけてきたのを不思議に思った。彼はトレフツがハンマーをひとつと小さな道具箱をもっているのを見た。彼はトレフツにかわって道具箱をもった。そして二人は連れ立って河畔をさかのぼって、町から外へ出て行き、まずさまざまな庭園のほとりを、それから牧場に沿って歩いて行った。

その朝は靄《もや》が立ち込めて暑かった。上空では西風が吹いているように思われたけれど、下の谷あいはまったくの無風状態であった。

職工は、不機嫌で、飲み明かしてひどく酔っ払った夜のあとのように疲れきった様子であった。ハンスはしばらくたってから、話しかけたけれど、全然答えてもらえなかった。彼はニクラスを気の毒に思っても、もう何も言う勇気もなかった。

製材所まで半分ほどの道のりのところ、ちょうど川がハンノキの若木の生えている小さな半島を抱きかかえるようにカーブしているところで、ニクラスは突然立ち止まった。彼はハンノキの木立の中へ下りて行き、草の上に横になって、ハンスに来るようにと合図をした。ハンスはよろこんでそれに従い、二人はそれからかなり長いあいだ、ひと言もしゃべらずに長々と体を伸ばして並んで寝そべっていた。

とうとうディーアラムは眠り込んでしまった。ニクラスは彼を観察していた。そしてハンスが眠り込んでしまったとき、彼の上にかがみこんで、とても注意深く彼の顔をかなり長いあいだ見つめていた。見つめながら彼はため息をつき、ぶつぶつと独りごとを言った。ついに彼は怒って跳び上がり、眠っている男を蹴飛ばした。びっくりして、うろたえてハンスはよろよろと起き上がった。

「何ですか?」と彼はいぶかしげにたずねた。「ぼくはそんなに長いこと眠っていたんですか?」

ニクラスは、さきほど見つめていたときのような奇妙に変わってしまった目つきでハンスを見つめた。

彼はたずねた。「目が覚めたか？」ハンスは不安そうにうなずいた。

「それじゃあ、よく聞け！　おれのそばにハンマーが一丁ころがっている、見えるか？」

「ええ」

「何のためにおれがこれをもってきたかわかるか？」

ハンスは、彼の目を見て、言いようのないほど驚いた。恐ろしい予感が彼の心に湧き起こった。

彼は逃げ出そうとしたけれど、トレフツはものすごい力で彼をつかんで引き止めた。

「逃げるな！　おまえはおれの言うことを聞かなきゃならん。それでこのハンマーを、これをおれはもってきた。なぜって……つまりその……このハンマーを……」

ハンスはすべてのことがわかった。そして死ぬほどの恐怖を感じて、叫び声を上げた。ニクラスは頭を振った。

「叫んではいかん！　今おれの言うことをよく聞くか？」

「ええ……」

「おまえは、おれが何の話をしているか、もうわかっているな。それではだ。このハンマーをおまえの頭に打ち下ろすつもりだった。——落ち着け！　よく聞け！——だがそうはならなかった。おれにはできない。とりわけ眠っている最中にそんなことをするのは、なおさら卑怯なことだ！　だが、今おまえは目が覚めている。そしておれはこのハンマーをあそこに置いた。そこでおまえに言う。おれたち、格闘をしよう。おまえだって強い。おれたちは戦う。そして相手を組み敷いた方がこのハンマーを取って、殴りつけることにしよう。おまえかおれか、どちらかひとりが死ぬのだ」

けれどハンスは首を振った。死の恐怖は彼にはなくなった。彼はただ身を切るような痛烈な悲しみと、ほとんど耐えがたい同情を感じた。

「まだ待ってください」と彼はかすかに言った。「ぼくはその前にお話ししたいのです。ぼくたちはもう一度腰を下ろしてもいいでしょう？」

ニクラスはハンスの言う通りにした。彼はハンスに何か言い分があること、そしてすべてがかならずしも彼が聞いて想像していた通りではないことを感じとった。

「それはマリアのことですね？」とハンスは話をはじめた。

トレフツはうなずいた。こうしてハンスはすべてのことを話した。彼は何ひとつ隠さなかった。そして何ひとつとして自分の責任を他人に転嫁しなかった。彼はしかし、あの少女も容赦しなかった。なぜならハンスには、ニクラスにマリアをあきらめさせることがどうしても必要なことだということが、よくわかったからである。彼はニクラスが誕生日を祝った晩のことを、そして彼がマリアに最後に出会ったときのことを話した。

　ハンスが話し終わったとき、ニクラスは彼の手を握った。そして言った。

「きみが嘘をつかなかったことがわかった。それでは仕事場に帰ろうか？」

「いけません」とハンスは言った。「ぼくは帰りますが、あなたはだめです。あなたはいますぐ旅に出た方がいいと思います。それが最良の道です」

「それはそうだ。けれど私は私の労働手帳と親方の勤務証明書が必要だ」

「それはぼくが調達します。夕方、ぼくの家に来てください。そのときぼくは全部もってきます。あなたはそのあいだにあなたの荷造りができるじゃありませんか？」

　ニクラスは思案した。「いや」とそれから彼は言った。「それはやはり正しいことではない。私はいっしょに仕事場に行って、ハーガーに、私を今日じゅうに辞めさせてくれるように頼む。きみが私のために何もかもやってくれると言ってくれたことにはほんとうに感謝する。けれど私が自分で行く方がよいのだ」

　彼らは連れ立って仕事場にもどった。彼らが帰り着いたとき、午前の労働時間がほとんど過ぎ去っていた。それでハーガーは彼らを迎えて、激しい非難の言葉を浴びせかけた。

　ニクラスはしかし彼に、別れるに当たってもう一度仲良く、静かに話し合ってほしいと頼んだ。二人がもどって来たとき、二人とも落ち着いてそれぞれの席に着いて、仕事に取りかかった。けれど午後には、ニクラスはもういなかった。そしてその次の週に、親方は新しい職人をひとり雇い入れた。

（一九〇九年）

1　遍歴職人＝昔のドイツの職人制度では、修業時代（徒弟時代、見習い期間）を終えた者は、各地を遍歴して専門の修業を積むことが必須の条件であった。この時期の職人が遍歴職人で、わが国の渡り職人や流れ職人とは意味が違う。

2「おれ・おまえ」で呼び合っていた＝ドイツ語では、相手を呼ぶ代名詞に親称（du きみ、おまえ）と敬称（Sie あなた）の区別がある。一般に、家族、親友、恋人、子供などには親称、それ以外の大人には敬称を使う。

3　ウンターレンダーワイン＝ヴュルテンベルク・ウンターラント（シュトゥットガルト以北のネッカー川左岸の低地）のブドウ栽培地産のワインの総称。淡い赤ワイン。

＊

どんな愛もそれぞれ固有の深刻な悲劇性をもっているのですが、それが愛することをやめるという理由には決してなりません！

断章6──『書簡全集』第一巻（一九七三年）より

＊

私たちは私たちの愛をいつでも惜しみなく分かち与えることができるように、できるかぎり愛を自由にしておかなくてはなりません。私たちが愛を捧げる対象を、私たちはいつでも過大評価します。そしてそこから多くの苦しみが生じてくるのです。

断章7──（未公開書簡より）

＊

若者よ　胸の中の
愛の苦悩と愛のよろこびを感じよ
だが自分だけがほかの少年たちよりも
はるかに多くの感情をもっていると思うな！

断章8──『詩集』より

＊

愛は乞うてはなりません。要求してもいけません。愛は、自分自身の心の中で確信するにいたるまでの力をもたなくてはなりません。そうすればもう愛は相手に引き寄せられるものではなく、相手を引きつけるものとなるのです。

断章9――『デーミアン』（一九一九年）より

1889年，12歳。両親，きょうだいと（左端がヘッセ）

大旋風

一八九〇年代のなかばごろのことであった。当時、私はふるさとの町のある小さな工場で無給の見習い奉公をしていた。けれどその年のうちにその町を出てしまい、二度と帰ることがなかった。私は十八歳ぐらいで、毎日青春を楽しみ、小鳥が空気を感じるように身辺に青春を感じていたのに、自分の青春がどれほどすばらしいかを、まったく知らずにいた。

これから私が物語る年は、年代をいちいち思い出せない年配の人たちには、私たちの地方が後にも先にも見舞われたことがないほどの大旋風、もしくは大暴風雨に見舞われた年だと言えば、それだけで充分であろう。ちょうどその年のことだった。私はそれが来る二、三日前、左手に鋼鉄のノミを打ち込んでしまった。手に穴があいて腫れてしまい、包帯を巻いて吊っていなければならなかったので、工場へは行けなかった。

思えば、あの夏の終わりの時期を通じて、私たちの狭い谷間に未曾有《みぞう》の蒸し暑さがすわりこんで、時には何日間も次々と雷雨がやってきた。自然界には、ほてった不穏な雰囲気がみなぎっていた。それを私はもちろんぼんやりと無意識に感じていただけであったけれど、それでも今なお、こまかいことまで覚えている。たとえば、夕方、釣りに行くと、雷雨をはらんだ蒸し暑い空気のために魚が奇妙に興奮しているのが見られ、魚は入り乱れてひしめき合い、しばしば生ぬるい水から跳ね上がって、やたらに釣り針にかかることがあった。それでもとうとう少し涼しく、気象がおだやかになり、雷雨が来るのもややまれになって、朝の早い時間には、はやくもちょっぴり秋らしい気配がしてきた。

ある朝、私は一冊の本と、ひと切れのパンをポケットに入れて家を出て、気の向くままに歩いて行った。少年時代にいつもそうしたように、私はまず家の裏庭へ入った。そこにはまだ日が当たっていなかった。父が植えたまだほんの幼い細い若木だったモミの木立が、がっしりと高くそびえ、その下には淡褐色の針葉が積もっていた。地面には数年来ツルニチニチソウのほかは何も育とうとしなかった。が、そのかたわらの長くて狭い花壇には、母の植えた草花が色とりどりに楽しげに咲いていた。その中から日曜日ごとに大きな花束が摘まれたものであった。そこには小さな花が朱色の束になって咲く植物があって、「燃える恋[1]」と呼ばれていた。また、細い茎にハート型の赤と白の花をたくさんぶら下げる、ひと株のやわらかな多年草があって、これは「女性のハート[2]」と呼ばれていた。またもうひとつの一年草の株は「鼻持ちならないうぬぼれ」[3]と呼ばれていた。そのそばに背の高いアスターが生えていたが、まだ花の咲く時期ではなかった。それらのあいだに、やわらかい刺《とげ》をもった肉厚のクモノスバンダイソウと、愛くるしいマツバボタンが地面をはっていた。

この長くて幅の狭い花壇は私たちのお気に入りで、夢の庭であった。そこには、ふたつの円形花壇に生えているバラ全部よりも私たちにはすばらしく、愛らしく思われた、いろいろな珍しい花が集まって生えていたからである。ここに日が射してきて、キヅタにおおわれた壁を照らすと、ひとつひとつの草花がそれぞれまったく独特のおもむきと美しさを見せるのだった。グラジオラスはふくよかに鮮やかな色で咲き誇り、ヘリオトロープ[4]は青く、自分のきつい匂いに呪縛されたようにひたり、ヒモゲイトウはおとなしくしおれたように垂れ下がっているかと思うと、オダマキは思いきり伸び上がって、その四重の夏の釣り鐘を鳴らしていた。アキノキリンソウの周りと、青いフロックスの花にはミツバチが羽音も高く群がり、びっしり生い茂ったキヅタの葉の上を、小さな茶色のクモたちがせかせかとすばやく往復していた。アラセイトウの上の空中では、胴体が太く、ガラスのように透明な羽をした、あの敏捷で不機嫌そうな音を立てて飛ぶ蛾がふるえていた。それらはスカシバとか、ホウジャクとか呼ばれていた。

休日のくつろいだ気分で、私は花から花へ歩き、あちらこちらで芳香を放つ散形花の匂いを嗅いだり、指先で注意深くひとつの花の萼《がく》を開いて、その神秘的な鉛色の奥底をのぞき込み、花弁の脈や、雌しべや、やわらかい毛のある雄しべや、透き通った導管などの規則的な配列を観察したりした。そのあいまに、私は雲の多い朝の空を眺めた。そこには、細い縞となってたなびく靄《もや》と、羊毛のようにふわふわした小さなうろこ雲が、奇妙に入り乱れてひろがっていた。今日もまたきっと雷雨が来るだろうと思われたので、私は午後の二、三時間、釣りに出かけることにした。ミミズが見つかるだろうと思って、熱心に道路の縁の凝灰岩をいくつかひっくり返してみたけれど、灰色の、かさかさしたワラジムシの群れが這い出してきて、あわてて四方八方へ逃げ出しただけだった。

私はこれから何をしようかと考えたけれど、すぐには何も思いつきそうになかった。一年前に最後の休暇を過ごしたときは、私はまだほんの少年だった。そのころやったことで一番好きだったのは、ハシバミの弓で的を射当てたり、凧《たこ》をあげたり、畑のネズミ穴を火薬で爆発させたりすることだったけれど、こうしたことはみなあのころの魅力と輝きを失って、まるで私の魂の一部がくたびれてしまい、かつては好ましく、よろこびをもたらしてくれたさまざまな声に、まったく反応しようとしないかのようであった。

不思議に思い、ひそかな胸苦しさを感じながら、私は少年時代によろこびを味わったなじみの場所を見まわした。小さな庭や、花で飾られたバルコニーや、湿った、日の当たらない敷石が苔で緑色になった中庭が私を見つめた。それらは昔とは違った顔をしていた。

花たちさえも尽きることのないその魅力をいくぶんか失っていた。庭の隅にある給水管のついた古い水槽はもうただの水桶で、見てもなんのおもしろみもなかった。そこで昔、私は木の水車をとりつけ、半日ものあいだ水を出しっ放しにして父を困らせたものだった。道にダムや運河を築いて、大洪水を起こしたのである。風雨にさらされたその水槽は、私の変わることのないお気に入りで、気晴らしの相手であった。それを見つめていると、あの子供のころのよろこびの余韻さえパッと心に浮かぶのであった。が、それは悲しい味がした。その水槽はもう泉でもなく、大河でもなく、ナイアガラ瀑布でもなかった。

もの思いにふけりながら、私は垣根をよじ登って越えた。一輪の青いヒルガオの花が私の顔にかるく触れた。私はそれを摘みとって口にくわえた。そのとき、私は散歩をして、山の上から私たちの町を見下ろしてみようと心に決めていた。散歩をするのも、一応は楽しい企てであった。以前ならば決して思いつくことではなかった。少年は散歩などしない。少年は、森へ行くなら、盗賊か、騎士か、インディアンになって行く。川へ行くなら、筏《いかだ》乗りか、漁師か、あるいは水車造りになって行く。草原へ走るなら、蝶の採集か、トカゲ捕りに行くのだ。こうして、私の散歩にしても、自分が何をしたらよいかまったくわからない大人の、上品な、そして少々退屈な行為のように思われた。

　私の青いヒルガオはまもなくしぼんで投げ捨てられた。そして、私は今度はもぎとったブナの小枝をかじった。苦い、香ばしい味がした。高いエニシダの生えている鉄道の土手のところで、一匹の緑色のトカゲが私の足もとをすばやく逃げた。すると、やはりまた私の胸に少年の気持ちがふっと目覚めた。そこで私はじっとしていないで、走ったり、忍びよったり、待ちぶせたりして、ついに日に当たってぬくもりのある、臆病なトカゲを両手に捕らえた。

　私はそのキラキラ光る、小さな宝石のような眼をのぞき込み、少年のころの狩りの楽しみの余韻を味わいながら、そのしなやかで力強いからだと硬い足が私の指のあいだで抵抗し、突っ張るのを感じた。だが、たちまちよろこびは尽きてしまった。そして捕まえた動物をどうしたらよいのか、まったくわからなかった。それをどうすることもできなかった。それを持っていても、もう幸福感はなかった。私は地面にかがみこんで、手を開いた。トカゲは一瞬驚いて、横腹で激しく息をはずませながらじっとしていたが、それからわき目もふらずに草の中へ姿を消した。

　汽車が輝く線路を走って来て、私のそばを通り過ぎた。私はそれを見送った。すると一瞬、非常にはっきりと、ここではもうほんとうのよろこびが花咲くことはありえないと、私は感じた。そして、あの列車に乗って世の中へ出て行きたいと心の底から思った。

線路巡回員が近くにいはしないかと、あたりを見まわしたけれど、姿も見えず足音も聞こえなかったので、すばやく線路を飛び越え、向こう側の高く赤い砂岩の崖をよじ登った。その岩のあちこちに、線路工事をしたときに爆破した黒い穴が見られた。上へくぐり抜ける小さな穴を私は知っていた。私は、もう花の終わってしまった丈夫なエニシダの枝にしっかりつかまった。赤い岩の穴の中には乾燥した太陽の熱がこもっていて、熱い砂がよじ登る私の袖の中へさらさらと流れ込んだ。頭上を見ると、垂直の岩壁の上にびっくりするほど近く、暑そうに輝く空がゆるぎなくひろがっていた。そして突然、私は上に出ていた。私は石の縁で身体を支え、膝を引き寄せると、刺のある細いハリエンジュの幹にしっかりとつかまることができて、急傾斜の、荒涼とした草地に出た。

この静かな小さな荒れ地は以前私が好んで訪れた場所で、切り立った崖の上にあるため、その真下を汽車が通り過ぎた。刈り取ることのできない丈夫な、伸び放題の草のほかに、ここには背の低いこまかい刺のあるバラの茂みと、風に種をまかれて生えた、数本の発育の悪いハリエンジュが生えていた。その薄い透き通った葉のあいだから太陽が輝いていた。上の方でも赤い帯状の砂岩の岩棚で遮断されているこの草地の島に、私はかつてロビンソン・クルーソー気取りで住んだことがあった。このさびしい場所は、垂直によじ登ってそれを征服する勇気と冒険心をもっている者以外には縁のない場所であった。私は十二歳のとき、ノミでこの岩に自分の名を刻んだ。またかつて私はここで『ローザ・フォン・タンネンベルク』を読んだり、滅びゆくインディアンの部族の勇敢な酋長を扱った子供らしい戯曲をつくったりした。

日に焼けこげた草が、色あせた白っぽい房のように、険しい斜面に垂れ下がっていて、熱く焼けたエニシダの葉は、風のない熱気の中で、鼻をつく苦い匂いがした。私は乾ききったやせ地に長々と寝そべって、ハリエンジュのこまかい葉がきちょうめんにかわいらしく並んで、ギラギラと日に照りつけられ、あくまで青々とした空の中でじっと動かないのを見ながら、もの思いにふけった。今こそ、自分のここでの生活と将来を目の前にひろげて考えてみるのにふさわしいときだと思われた。

けれど、私は何も新しいものを発見することができなかった。四方八方から私を脅かす心の貧困化を私は見るばかりであった。それまで確実に私をよろこばせたものや、気に入った考えが不気味に色あせて、生気をなくしてゆくのである。私が心ならずも放棄しなければならなかったものや、私が失ってしまった少年時代の幸福のすべてを、今の職業は決して埋め合わせてはくれなかった。

私は自分の職業をほとんど愛していなかったし、また、長くそれにとどまっていたわけでもなかった。それは私にとって、ただ世の中に出るひとつの方便にすぎず、世間に出れば疑いもなくどこかで新しい満足感が得られそうな気がしたのである。ところで、この満足とはどんな種類のものだったろうか？

世間を見ることも、お金を稼ぐこともできた。何かをしたり計画したりする前に、父や母に伺いをたてる必要もなかった。日曜日には九柱戯《きゆうちゆうぎ》をしたり、ビールを飲んだりすることもできた。けれどこういうことはすべて取るに足りないことで、私を待っている新しい生活の目的では決してないことが私にはよくわかっていた。本来の目的は、どこか別なところに、もっと深い、もっとすばらしい、もっと神秘的なところにあった。そしてそれは、女の子に、恋に関係があると、私は感じていた。そこには深いよろこびと満足が隠されているにちがいなかった。そうでなければ、少年時代のよろこびを犠牲にしたことは無意味になったであろう。

恋についてはよく知っていた。私はいく組かの恋人たちを見ていたし、うっとりするほどすばらしい恋物語を読んだこともあった。自分でも何度か女の子に夢中になったこともあった。そして、男に命をかけさせ、男の行為や努力の目的でもある恋の甘美さを、夢の中で少し味わったこともあった。同窓の友だちで、もう女友だちをもっている者もいたし、工場の仲間にも、日曜ごとにダンスホールへ行ったり、夜更けに恋人の寝室の窓によじ登ったりすることを臆面もなく話す者もいた。けれど、私自身にとって恋はまだ閉ざされた花園であって、その門の前で内気なあこがれを抱いて待っている状態であった。

ようやく先週、ノミで怪我をする直前に、最初のはっきりした恋の呼びかけを受けた。そのときから、私は別れを告げて出てゆく者の、落ち着かない、もの思いに沈んだ状態にあり、それ以来、私のそれまでの生活が過去のものとなり、将来の目的がはっきりとしてきたのである。ある晩、私たちの工場の二番目の徒弟が私を連れ出して、家へ帰る道々、こんな報告をしてくれた。

自分はきみのためのすてきな恋人を知っている。彼女はまだこれまで恋人をもったことがなくて、きみ以外に誰も望んでいない。彼女は絹の財布を編んでいて、それをきみにプレゼントするつもりでいる――と言うのである。

彼は彼女の名前を明かそうとせず、私に自分で当てられるだろうと言った。それから私がしつこくたずね、しまいには、もういいよというふりをすると、彼は立ち止まって――私たちはちょうど水車場の水路にかかった小橋の上に来ていた――、小声で「彼女がちょうどうしろから来るよ」と言った。面食らって、どうせそんなことは全部ばかばかしい冗談だと思いながらも、なかば期待し、なかば心配しながら、私はうしろを振り向いた。

すると、うしろから橋の階段を上がって、綿糸紡績工場のひとりの若い女の子が歩いて来た。堅信礼《けんしんれい》[6]のための授業のときから知っているベルタ・フェークトリンだった。彼女は立ち止まって、私を見つめ、ほほ笑んだ。そしてだんだん赤くなって、とうとう顔じゅう火のようになってしまった。私はどんどん早足で歩き出して、家へ帰ってしまった。

それから、彼女は二度私のところに来た。一度は私たちが仕事をしていた工場で、もう一度は、家への帰り道であった。けれど、彼女は「こんにちは」と言っただけだった。そして二度目のときは、「もう仕事はすんだの？」と言った。それは話のきっかけをつくりたいという意味だけれど、私はうなずいて「ええ」と言っただけで、当惑して立ち去った。

それからというもの、私の考えはこの出来事にこびりついていて、どうすればよいのかわからなかった。可愛い女の子を愛することは、すでにたびたび心から熱望して夢見たものであった。

今、ここに一人の可愛いブロンドの、私よりも少し背の高い女の子がいて、その子が私からキスを受け、私の腕に抱かれたいというのだ。彼女は背が高く、がっしりした身体つきで、色白で、血色のいい、美しい顔立ちで、うなじには濃いブロンドの巻き毛がたわむれていた。彼女のまなざしは期待と愛にあふれていた。けれど、私はこれまで一度も彼女のことを考えたことがなかったし、好きになったこともなかったし、情愛のこもった夢の中で彼女のあとを追ったことも、ふるえながら彼女の名前を枕の中にささやいたこともなかった。

そうしたいと望めば、彼女を愛撫することも、自分のものにすることもできたけれど、私は彼女を慕うことはできず、彼女の前にひざまずいて讃美することなどできなかった。いったいどうなるのだろう？　どうすればいいのだろう？

不機嫌に私は草のベッドから立ち上がった。ああ、いやな時期だ。私の工場の年季が明日にも明けて、ここから旅立ち、遠くはなれたところで新たにやり直して、何もかも忘れてしまえればいいのに。

ただ何かをするために、生きていることを感じるために、ここからではひどく骨が折れるけれど、山の頂上まで登りきってやろうと決心した。そこに登れば、この小さな町のはるか上に立って遠方を見渡すことができた。私は上の岩のところまで斜面を駆けのぼり、岩壁の垂直な割れ目の中をよじ登って、むりやりに高いゲレンデにたどり着いた。

そこでは荒涼とした山が灌木やくずれた岩のかけらにおおわれていた。汗にまみれ、息をはずませながら登ってきた私は、日の当たる山頂の微風に吹かれて、のびのびと呼吸をした。しぼみかけたバラの花が頼りなく蔓にぶら下がり、通りすがりにかるく触れると、疲れて色あせた花びらを散らした。背の低い緑のガンコウランがいたるところに生えていて、日の当たる側にある実だけがほんのりと金属的な褐色に色づきはじめていた。ヒメアカタテハが風のない日だまりを静かに飛びまわって、空中に色彩の稲妻を描いた。ほんのりと青みがかったノコギリソウの散形花には、赤と黒の斑点のある数え切れないほどの甲虫がたかっていた。声を立てない奇妙な集団で、長い、細い脚を自動機械のように動かしていた。

空からはもう雲が残らず消えていた。空はまっ青で、近くの森に覆われた山の黒々としたモミの木の先端に、くっきりと切断されていた。

学校の生徒だったころ、いつも秋に焚き火をした一番高い岩の上で、私は立ち止まって振り返った。すると、ずっと下の薄暗い谷あいに川が光り、白く泡立つ水車の堰《せき》がきらきら輝いて、狭くて深い谷底に私たちの茶色の屋根の古い町が横たわり、その屋根の上に、お昼のかまどの青い煙が静かにまっすぐに立ちのぼるのが見えた。そこには私の父の家や古い橋があった。そこには私たちの工場が立っており、その中で、鍛冶場の火がほのかに赤く小さく燃えているのが見えた。そしてずっと川下には紡績工場もあって、その平たい屋根には草が生えており、白く光る窓ガラスの向こうでは、多くのほかの人たちといっしょにベルタ・フェークトリンも仕事にはげんでいるのだった。ああ、あの子か！　彼女のことは何も知りたくなかった。

私のよく知っているなじみ深いふるさとの町は、すべての庭や、遊び場や、曲がりくねった路地もろとも、私を見上げ、教会の時計の金色の数字が日に当たって、ギラリとずるそうに光った。そして日陰になった水車場の水路の涼しそうな水面には、家並みや木立が、くっきりと映っていた。

ただ私自身だけが変わってしまったのだ。そして私とこの光景とを隔てる不気味な、よそよそしいヴェールがかかっているのは、もっぱら私のせいだった。もはや私にとって生活は、石塀と川と森に囲まれたこの狭い地帯の中に、安心して、満足して閉じ込められてはいなかった。たしかに私の生活はまだ強い糸でこの土地につながれてはいたけれど、もはやその中に根づいて、しっかりと抱かれておらず、いたるところであこがれの波浪となって、狭い境界を越えて広い世界に出ることを切に望んでいた。

一種奇妙な悲しみを抱いて見下ろしていると、私のさまざまなひそかな人生の希望が、父の言葉や尊敬する詩人たちの言葉や、私自身のひそかな誓いといっしょに、心の中に厳粛に湧きあがった。一人前の男となり、自分の運命を意識的に手中に握るということは、大まじめに考えるべきことであり、魅力的なことに思われた。するとたちまちこの考えが、ちょうど一条の光線のように、ベルタ・フェークトリンとの一件で私を悩ませていた困惑の気持ちの中にひらめいた。彼女はきれいで、私を好きかもしれないけれど、やはり幸福をこんなでき上がったかたちで、努力もせずに女の子の方から贈られるということは、私の性分には合わなかった。

　もうすぐお昼になるころであった。山登りで味わったよろこびは消えてしまっていた。もの思いにふけりながら私は歩道を町へ下りて行き、小さな鉄橋の下をくぐった。そこでは以前夏ごとに、びっしりと生えたイラクサの中でクジャクチョウの黒い刺だらけの幼虫を捕まえたものだった。そして墓地の塀のそばを通ると、その門の前に、苔むしたクルミの木が濃い影を落としていた。門の扉は開いていて、中から噴水のピシャピシャという音が聞こえた。すぐそばに町の運動場兼祝祭場があった。五月祭やセダン陥落記念日[7]などに宴会が催されたほか、講演会やダンスなどもおこなわれるところだった。今、そこは巨大なカスターニエの老木の陰になり、赤みがかった砂の上に木洩れ日のギラギラ光る斑点が描かれ、忘れられたようにしんと静まり返っていた。

　この下の谷あいでは、川沿いの日なたの通りに、真昼の炎暑が容赦なく燃えていた。ギラギラ照りつけられている家並みに向き合った川べりに生えた数本のトネリコとカエデがまばらな葉をつけ、もう晩夏らしく黄ばみはじめていた。いつもしていたように、私は水際を歩いて、魚の様子をうかがった。ガラスのように透きとおった川の中に、密生した髭のような水草が、長く、ひらひらと波打つような動きをして揺れていた。そのあいだの、私がよく知っているいくつもの暗いすき間には、太った魚があちらこちらに一匹ずつ、流れに向かって口を開け、大儀そうに、じっと動かずにいた。

その上をときどき、ウグイの幼魚が、黒っぽい、小さな群れをつくってすばやく泳いでいった。

その日の朝は釣りに来なくてよかったことがわかったけれど、空気や水の様子や、ふたつの大きな丸い石のあいだに、年をとった黒いニゴイが一匹澄んだ水の中でじっと休んでいる様子から、午後はおそらく何か釣れるという確信をもった。私はそれを心にとめて、また歩き続け、まぶしい通りから車の出入り口を通って、地下室のようにひんやりしたわが家の玄関に入ると、深いため息をついた。

「今日も夕立がくるぞ」と、天気に敏感な父が食事のときに言った。私は、空に雲ひとつなく、西風の気配も感じられない、と反対したけれど、父は微笑して言った。「空気が緊張しているのが感じられないのかね。今にわかるよ」

たしかにひどい蒸し暑さで、下水は、南風《フェーン》の吹きはじめるころのように、ひどくいやな臭いがした。私は、山登りをしたのと、熱気を吸い込んだための疲れが出てきて、ヴェランダで庭に向いて腰を下ろした。たいして身を入れず、たびたび軽いまどろみに中断されながら、ハルトゥームの英雄ゴードン将軍[8]の物語を読んだ。そのうちしだいに私にも、まもなく夕立がきっと来るような気がしてきた。空はあいかわらずこのうえもなく青く澄みきっていたけれど、空気はだんだん重苦しくなってきて、太陽は空高く輝いているのに、まるでその下に熱しきった雲の層が立ちこめているかのようだった。

　二時に私は家の中に戻って、釣り道具の用意を始めた。糸と針を調べていると、早くもドキドキするような釣りの興奮を感じた。そして、この奥の深い情熱的な楽しみだけでも私に残されているのをありがたいと思った。

　あの午後の、異様に蒸し暑い、圧縮されるような静けさは忘れられない。私は魚釣り用のバケツをさげて、川を下って下手の小橋のところまで行った。そこはもう半分ほど、高い家並みの陰になっていた。近くの紡績工場から機械の単調な、眠気を誘うようなうなりが、ミツバチの群れの羽音のように聞こえた。そして、上手の水車小屋からは丸鋸《まるのこ》のひどく耳ざわりな、ひっかくようなきしる音が一分おきに鋭く響いてきた。そのほかはまったく静まり返っていた。職人たちは仕事場の陰に引っ込んでいたし、路地にも人っ子ひとりいなかった。水車のある中洲では小さな男の子が、裸で濡れた石のあいだをジャブジャブ歩きまわっていた。車大工の親方の仕事場の前には、細長い床板が壁に立てかけてあり、日射しを浴びて異様に強い臭いを放っていた。その乾いた臭いは私のところまで漂ってきて、空気に充満している少し魚くさい水の臭いの中でもはっきり嗅ぎ分けられた。

　魚もこの異常な天候に感づいていて、気まぐれな行動をとった。はじめの十五分間にドウショクウグイが数匹針にかかった。腹びれが美しい赤色で、幅が広く重いやつは、私がまさに手に取ろうとした瞬間に、糸を切ってしまった。それからすぐ魚は落ち着きをなくしはじめた。ドウショクウグイは泥の中に深くもぐってしまい、餌にはもう見向きもしなかった。しかし水面には若い、さまざまな種類の一年魚の入り混じった群れが現れ、次々と新しい群れがきて泳ぎ過ぎて、逃げるように川上へ泳いで行った。これらすべてが天候が変わるという前触れだった。けれど、空気はガラスのように静まり返り、空はまったく曇っていなかった。

何かよくない下水が魚を追い払ってしまったにちがいないと、私は思った。そしてまだあきらめる気にはならなかったので、新しい釣り場を思い出して、紡績工場の水路のところへ行った。そこの倉庫のそばに場所を見つけて、釣り道具をほどくやいなや、工場の階段の窓にベルタが姿を現し、こちらを見て、私に合図した。が、私は目に入らないようなふりをして、釣り糸の上に身をかがめた。

水は、石に囲まれた水路を黒々と流れていた。私は、自分の姿がそこに映って、波で輪郭がふるえているのを見た。水に映った足の裏のあいだに頭をはさんですわっている格好だった。あの子はまだ向こうの窓際に立っていて、私の名を呼んだけれど、私は身じろぎもせずにじっと水を見つめたまま、振り向かなかった。

釣りはさっぱりだった。ここでも魚は急ぎの用でもあるかのようにあわただしく泳ぎまわっていた。私は重苦しい暑さにぐったりして、もう昼間はとても見込みがないと思いながら、低い石垣に腰をかけたまま、早く夕方になればいいと思った。私のうしろでは、紡績工場のホールでたえまなく機械の音がうなりをあげていた。水は、緑の苔の生えた濡れた壁をこすってかすかな音を立てていた。私はすっかり眠くなって無関心になり、もう一度糸を巻きもどすのも、ひどくおっくうになったので、ただじっとすわったままでいた。

　おそらく半時間ほどたってからであろうか、不安とひどく不快な気持ちに襲われて、突然、私はこのようなものぐさなぼんやりした状態から目覚めた。一陣の不穏な風が圧縮され、不服そうに渦を巻いた。空気はどんよりとして、いやな味がした。ツバメが二、三羽おびえたように水面すれすれに飛び去って行った。私はめまいを感じ、日射病にやられたのかもしれないと思った。水の臭いが前よりもひどいような気がした。不快な気持ちが胃からこみあげるように頭までいっぱいになり、汗が噴き出しはじめた。私は釣り糸を引き上げ、両手を水の滴でさわやかにし、釣り道具を片づけはじめた。

　立ち上がったとき、紡績工場の前の広場で、ほこりが渦を巻いていくつもの小さな揺れ戯れる雲になるのが見えた。突然そのほこりが高く舞い上がった。そしてただひとつの雲になった。上空で激しくかきまわされている気流の中で小鳥たちが鞭打たれたように飛び去った。その直後、谷の下流の方の空が、まるで濃密な吹雪のときのように白くなるのが見えた。風が異様に冷たくなって、まるで敵でもあるかのように私を目がけて飛びかかり、釣り糸を水から引きさらって、私の帽子を飛ばし、げんこつで殴りつけるように続けざまに私の顔を打った。

たった今、まだ雪の壁のように遠い屋根の上にあった白い気流が、突然、冷たく、痛いほどに私を取り巻いた。水路の水は、まるですばやい水車の輪の回転で跳ね飛ばされるように高く飛び散った。釣り糸はなくなっていた。私の周りで白い、咆哮《ほうこう》する自然の猛威がいきり立って、破壊しながら荒れ狂った。私は頭も手もさんざん殴られた。土が私の身体じゅうに跳ねかかった。砂と木切れが空中で渦を巻いた。

まるで何がなんだかわからなかった。ただ、何か恐ろしいことが起こっており、とにかく危険だということを感じただけだった。私は驚きと恐怖で倉庫の方へひと跳びして、その中に入った。鉄の支柱にしがみついて、感覚の麻痺した数秒のあいだに、めまいと動物的な恐怖に襲われて、息もつかずに立っていたけれど、やっと分別がはたらきはじめた。それまで見たこともなければ、あり得るとも思えなかったような嵐が、悪魔のように猛り狂って走り過ぎてゆくのだった。

上空では、あるときはおびえたような、あるときは怒り狂ったような轟音が響いた。頭上の平らな屋根や入り口の前の地面に大粒の雹《ひょう》が降って白く厚く積もり、大きな氷の粒が私の足もとにまで転がり込んできた。雹と風の騒音は恐ろしかった。水路の水は激しく鞭打たれて泡立ち、落ち着かない大波になって水路の側壁に沿って高く低くうねった。

すべてが一分間のうちのことだったが、板や屋根のこけら板や木の枝が空中へ引きさらわれ、石やモルタルのかけらが落ちると、たちまちその上にバラバラとたたきつけられた雹の粒が厚く積もってそれを覆うのを私は見た。ハンマーですばやく連打されるように、レンガが砕けて落ち、ガラスが粉々になり、屋根の樋《とい》が勢いよく落ちる音が聞こえた。

そのとき、一人の人が工場から雹に覆われた中庭を横切って、服をはためかせながら、嵐に向かって身体を斜めに傾けて、こちらへ走って来た。何もかもすさまじくひっかきまわしている大旋風のまっただ中を、それと戦いながら、その姿は私に向かってよろめきながら近づいてきた。そして倉庫に入ると、私を目がけて走り寄り、愛情のこもった大きな眼をした、静かな、知ってはいるが親しめない顔が、せつないほほ笑みを浮かべて私のすぐ目の前にあった。もの静かな温かい唇が、私の唇を求め、長いあいだ、息もつかずにむさぼるように私にキスをした。両手が私の首にまわされ、ブロンドの濡れた髪の毛が私の頬にへばりついた。そして周りで雹の嵐が世界を揺るがしているあいだ、無言の、不安にみちた嵐のような愛撫が、外の嵐よりももっと強烈に私を襲って驚愕させた。

私たちは積み上げた板の上にすわって、ものも言わず、ぴったりと抱き合っていた。

私は唖然としながら、おずおずとベルタの髪を撫で、私の唇を彼女の力強いふくよかな唇に押しつけた。彼女のぬくもりが、甘く、せつなく私を包んだ。私は眼を閉じた。彼女は私の頭を彼女のドキドキしている胸や膝に押しつけて、両の手でそっと手探りをしながら私の顔と髪の毛を撫でた。

目もくらむ暗闇の中へ落ちていた私が我に返って、眼を開けてみると、彼女の真剣で表情の豊かな顔が悲しげに美しく私の上にあった。そして彼女の眼はうっとりと私を見つめていた。彼女の白い額にかかった乱れた髪の毛の下から、細い一筋の鮮紅色の血が、顔を伝って首筋まで流れ落ちた。

「どうしたの？　いったい何が起こったの？」と私は不安でいっぱいになって聞いた。

彼女は私の眼をいっそう深く見つめて、弱々しくほほ笑んだ。

「世界が滅びるんだわ」と彼女は小声で言った。とどろく嵐の騒音がその言葉を呑み込んだ。

「血が出ているよ」と私は言った。

「雹のせいよ。ほっといて！　あなた怖い？」

「いいや、で、きみは？」

「わたし、怖くなんかないわ。ああ、あなた、これじゃ、町じゅうがつぶれちゃうわ。ねえ、あなた、わたしのこと全然好きじゃないの？」

　私は黙っていた。そして呪縛されたように彼女の大きな澄んだ眼を見つめていた。その眼は悲しみのまじった愛情にあふれていた。その眼が私の眼の間近にせまり、彼女の唇が情熱的に、むさぼるように私の唇に重なっているあいだ、私はじっと彼女の真剣な眼をのぞき込んでいた。すると、左の眼のそばを通って、白い、若々しい肌の上を細い鮮紅色の血が流れた。私の感覚は陶然とよろめいているのに、私の心は逃げようとして、こんなふうに嵐の中で自分の意志に反して奪い取られることに対して、必死になって抵抗していた。私は身体を起こした。彼女は私のまなざしに、私が彼女に同情しているのだということを読みとった。

　すると彼女は身を反らして、怒ったように私を見つめた。それで私が、同情と気遣いを表すしぐさで彼女に手を差し出すと、彼女はその手を両手でとり、その中へ顔をうずめ、くずおれるようにひざまずいて泣きはじめた。そして彼女の涙が温かく私の痙攣する手の上を流れた。困惑して私は彼女を見下ろした。彼女の頭は、すすり泣きながら私の手の上にのっていて、彼女のうなじの上に、やわらかなおくれ毛が影のようにたわむれていた。これがほかの子だったら、ほんとうに愛し、魂を捧げられる子だったら、私はどんなによろこんでこのかわいいおくれ毛を愛のこもった指でまさぐり、この白いうなじにくちづけしたいと思ったことだろう、と熱烈に考えた。けれど私の血は鎮まってきた。私の青春と誇りを捧げる気になれないこの娘が、ここで私の足もとにひざまずいているのを見ることに対して、恥ずかしい思いに苦しめられた。

これらすべてのことを私はまるで魔法にかけられて過ごした一年間のことのように体験した。今でもなお無数のこまかい心の動きや身振りとともに、長い期間のことのように記憶に残っているけれど、実際にはわずか数分間のあいだの出来事にすぎなかったのだ。

思いがけなく、ぱっと明るくなって、きれぎれの青空がしっとりと、なだめるような無邪気さで現れてきた。突然、鋭いナイフで切断されたかのように、嵐のどよめきがぴたりと止んで、びっくりするような、信じられない静けさが私たちを包んだ。

幻想的な夢の洞窟の中から出るように、私は倉庫から出て、まだ生きていることを不思議に思いながら、ふたたびもどってきた昼の光の中へ歩み出た。荒れ果てた中庭は見るも無残であった。地面はめちゃめちゃに掘り返され、まるで馬に踏みにじられたようだった。いたるところに大きな雹の塊が山と積もっており、私の釣り道具はなくなり、そして魚のバケツも消えていた。工場は騒々しい人声でいっぱいだった。ガラスが粉みじんに砕け散ってしまった窓から、人びとが波打つようにひしめいているホールが見え、どのドアからも人びとが押し合いながら外に出て来た。地面はガラスの破片や砕けたレンガでいっぱいだった。一本の長いブリキの雨樋が引きはがされて、斜めにねじ曲がり、建物の上から半分ぐらいまでぶら下がっていた。

もう私は、つい今しがた起こったことなどすっかり忘れてしまい、そして実際どんなことが起こったのか、嵐がどんなに多くの被害を引き起こしたのかを見たいという不安の入り混じった抑えがたい好奇心のほか何も感じなかった。工場の壊れた窓や屋根瓦などはみな、最初ひと目見ただけでは、ほんとうにひどく荒れ果てて、どうにもならない様子だったけれど、結局、すべてはそれほどひどいわけではなく、大旋風が私に与えた恐ろしい印象とくらべてそれほどものすごいものではなかった。

私は、安堵すると同時にまた、なかば妙にがっかりした、興ざめした気持ちで、ホッとため息をついた。家々は前と変わらずに立っており、谷の両側には山もまだちゃんとそびえていた。どっこい、世界は滅びはしなかった。

しかし、工場の庭を出て、橋を渡り、最初の路地に入ると、被害はやはりもっと惨《さん》澹《たん》たる様相を呈していた。狭い通りには、窓ガラスの破片や壊れたよろい戸がころっており、煙突が何本もひっくり返っていて、その周りの屋根の部分もいっしょに引き裂いていた。どの戸口の前にも人びとが立っていて、とまどい、悲しみ嘆いていた。すべてが、戦争で包囲攻撃を受けて、征服された町の絵で見た光景のようであった。ごろごろした石や木の大枝が道をふさいでいた。いたるところで砕けたり、割れたりした窓ガラスの穴が残片のあいだからのぞいていた。庭の垣根が地面に倒れており、塀の上からぶら下がって、ガサガサ音を立てているのもあった。いなくなった子供たちを探している人たちもいた。畑に出ていた人たちが雹に打たれて死んだという噂もあった。ターラー銀貨[9]ほどのものや、もっと大きな雹の粒を見せてまわっている人もいた。

家に帰って、自分の家や庭の被害を見るには、私はまだ興奮しすぎていた。私がいなくなってみんなが心配しているだろうなどということは思いつかなかった。実際、私はまったく無事だったのだ。私は、こんな破片の中をつまずきながら歩いているよりは、郊外へ行ってみようと決心した。

私のお気に入りの場所が誘うように心に浮かんだ。墓地の隣の古くからの祝祭広場である。少年時代の大きな祝祭はすべてその広場の木陰でおこなわれたのである。ほんの四、五時間前、岩山からの帰りにそこを通り過ぎたばかりなのに気がついて、私は不思議に思った。そのときからもう長い時間がたってしまったように思われたからである。

それで私は路地を引き返して、下手の橋を渡った。途中、家並みのあいだにある庭のすき間から、赤い砂岩造りの教会の塔が無事にそびえているのを見、体育館もほんのわずかの損傷しか受けていないのを発見した。ずっと向こうにぽつんと一軒の古い料理店が立っていた。その屋根は遠くから見分けられた。その料理店は以前のとおり立っていたけれど、どこか妙に変わってしまったようだった。どうしてなのかはすぐにはわからなかった。正確に思い出そうと努力してはじめて、その料理店の前にいつも二本の高いポプラの木が立っていたことを思い出した。それらのポプラがもうそこにはなかった。ずっと古くから親しんできた眺めが破壊され、私の好きな場所のひとつが踏みにじられてしまった。

するともっと多くの、もっと高貴なものが台なしになっているのではないかという、いやな予感が湧いてきた。突然、私は自分がどんなにふるさとを愛していたか、私の心と幸福が、これらの屋根や、塔や、橋や、路地や、樹木や、庭園や、森林などとどんなに深いつながりをもっていたかということを、そのときはじめて知って胸を締めつけられるような思いがした。私は向こうの祝祭広場のあたりに着くまで、新たに興奮し、不安を抱いて、足を速めた。

そこで私は立ち止まり、私の一番気に入っていた思い出の場所が完全に破壊されて、言いようもないほど荒れ果てているのを見た。その木陰で私たちが祝祭日を祝ったそれらの幹、私たちが生徒のころ三人や四人では抱えきれないくらい太かった数本のカスターニエの老木は、今、へし折られ、引き裂かれ、根こそぎにされてひっくり返っており、家くらいの大きな穴がいくつも地面に口をあけていた。もう、もとの場所に生えている木は一本もなかった。それは身の毛もよだつ修羅場であった。それに、数本のボダイジュやカエデも並んで倒れていた。広大な広場は、枝や、裂けた幹や、根や、土の塊などの恐ろしい残骸の山だった。巨大な幹はまだ地面に立っているのもあったけれど、樹冠はなくなり、へし折られ、ねじ曲げられて、無数の白い裂け目をむき出しにしていた。

その先へは行けなかった。広場も道も、めちゃくちゃになぎ倒された幹や木の破片が家の高さほども積もって、ふさがれていた。私がずっと幼いころから知っていた深い神聖な木陰と高い神殿のような木立があったところは、今は破壊され、雲ひとつない空があるばかりだった。

まるで私自身が、隠れたすべての根ごと引き抜かれ、容赦なくギラギラ照りつける白日のもとに放り出されたかのような気がした。数日のあいだ私はあたりを歩きまわったけれど、森の道も、なじみのクルミの木陰も、少年のころ登ったカシワの木も、もう何も見つからなかった。町の周辺はいたるところ、瓦礫や、穴や、草が刈られたようにに木々が倒れて横たわった山腹の斜面や、むき出しになった根を嘆くように日にさらしている木の死骸ばかりだった。私の幼年時代と今の私とのあいだには、ぱっくりと裂け目がひとつできてしまった。そして私のふるさとはもう昔のふるさとではなくなってしまった。過ぎ去った歳月の好ましいことと愚かさが私から離脱してしまった。その後まもなく、一人前の男になるために、人生を、この数日はじめてその影が私をかすめた人生を乗り切るために、私はこの町を去った。

（初稿一九一三年、改稿一九二九年）

1　「燃える恋」＝学名*Lychnis chalcedonica*　和名アメリカセンノウ（亜米利加仙翁）。ナデシコ科　センノウ属。夏から初秋まで鮮紅色の花を咲かせる。

2　「女性のハート」＝学名*Dicentra spectabilis*　和名ケマンソウ（華鬘草）。別名タイツリソウ（鯛釣草）。ケシ科　コマクサ属。紅色で先端が白いハート型の花を一花柄に十個ほど下垂させる。

3　「鼻持ちならないうぬぼれ」＝学名*Tagetes patula*　和名コウオウソウ（紅黄草）、別名クジャクソウ（孔雀草）、マンジュギク（万寿菊）。英名フレンチ・マリーゴールド。

4　ヘリオトロープ＝ムラサキ科の小低木。夏から秋に芳香性のある青紫色の花を咲かせる。香水の原料となる。

5　『ローザ・フォン・タンネンベルク』＝ドイツの作家クリストフ・フォン・シュミート（一七六八―一八五四）が一八三二年に発表した少年少女小説。幼くして母を亡くした貴族の娘が、城を奪われて獄舎につながれている父をさまざまな苦労の後に救う物語。この作品はほとんどすべてのヨーロッパの言葉に翻訳され、何度も刊行された。

6　堅信礼＝キリスト教への入信を完成させるために、洗礼後におこなわれる儀式。ヘッセは一八九一年、十四歳のときに堅信礼を受けた。

7　セダン陥落記念日＝一八七一年九月一日、普仏戦争でプロイセンとドイツ連合軍が、セダン（フランス北東部ベルギー国境近くの町）でフランス軍を撃破して、ナポレオン三世を捕虜にした戦勝記念日。ドイツ帝国時代の重要な国家記念日。

8　ハルトゥームの英雄ゴードン将軍＝イギリスの将軍チャールズ・ジョージ・ゴードン（一八三三—八五）。クリミヤ戦争、天津条約、北京条約、太平天国の乱などで活躍、エジプト太守を務め、一八八四年からハルトゥーム（現スーダン共和国の首都）でイスラム軍と戦い、十カ月の戦闘ののち、悲劇的な最期をとげた。

9　ターラー銀貨＝ここでは、プロイセン・ターラーであろうと思われる。これは、直径約三・四センチ、重さ約二十九グラムあった。

自分の方からは愛していないのに愛されるということは、特別に幸せなことであるにちがいないと、かつて私は思っていた。ところが今私は、このような、与えられるだけで、それに報いることのできない愛がどんなにつらいことであるかを身にしみて知った。そうはいうものの、ひとりの異国の女性に愛され、夫にと望まれたとき、私は少し誇らしい気持ちになった。

こうしたささやかな虚栄心が芽生えてきたことがすでに私にとっては回復への一歩を意味していた。……また幸福というものは、外部からの力でかなえられる願望の成就とはほとんど関係がないのだということ、そして、恋している若者たちの苦悩は、たとえそれがどんなにつらいものであろうとも、いかなる悲劇性もないのだということが、だんだんとよくわかってきた。

断章10――『ペーター・カーメンツィント』（一九〇四年）より

＊

私は女性たちを愛する

私は　千年も前に　詩人たちに
愛されて歌で讃美された女性たちを愛する

私は　その廃墟が　古い時代の
王族たちを悼み悲しんでいる町々を愛する

私は　今の時代の人がもう誰も地上にいなくなったときに
出現するであろう町々を愛する

私は女性たちを愛する——ほっそりとしてすばらしい女性たちを
まだ生まれずに年月の胎内に休んでいる女性たちを

彼女たちの星の光のように青ざめた美しさは
私の多くの夢の中の女性の美しさといつかは同じものになるだろう　（一九〇一年）

1910年（33歳）頃のヘッセ

ヘルマン・ヘッセ年譜――①

一八七七年　七月二日、南ドイツの町カルフに生まれる。父はエストニア生まれの宣教師で、カルフ新教伝道出版協会の指導者。母は、有名な宣教師でインド学者ヘルマン・グンデルトの娘でインド生まれ。ヘッセの父とは再婚。ヘッセには、二歳上の姉、三歳下の妹、五歳下の弟と、母方のアイゼンバーグ姓の二人の義兄があった。

一八八九年（十二歳）　二月、ヴァイオリンを習う。十二月、はじめて詩をつくる。

一八九〇年（十三歳）　二月、州試験受験のためにラテン語学校に入学。このころから詩人以外のものにはなりたくないと思う。

一八九一年（十四歳）　七月、州試験に合格。九月、マウルブロン神学校に入学。寄宿舎生活がはじまる。

一八九二年（十五歳）　二月、神学校を脱走。五月、神学校退学。六月、自殺を試み未遂に終わる。精神療養所に入れられる。十一月、カンシュタットの高等学校に入学。

一八九三年（十六歳）　十月、高等学校を退学。エスリンゲン書店の見習いとなるが、三日で辞める。父の新教伝道出版の仕事を手伝う。

一八九四年（十七歳）　六月、時計工場の見習い工員となる（翌年九月まで）。祖父の蔵書を濫読する。

一八九五年（十八歳）　十月、ヘッケンハウアー書店の見習いとなる。散文を書きはじめる。

一八九八年（二十一歳）　十月、見習いを終え、書店員となる。詩集『ロマン的な歌』を自費出版。

一八九九年（二十二歳）　六月、『真夜中すぎの一時間』刊行。九月、バーゼルのライヒ書店に移る。

一九〇〇年（二十三歳）　一月、書評が新聞に載る。このころ、「氷の上で」執筆。十二月、『ヘルマン・ラウシャー』（『青春時代』）刊行。

一九〇一年（二十四歳）　三月〜五月、イタリア旅行。十一月、『詩集』（カール・ブッセ編）刊行。

一九〇二年（二十五歳）　四月、母マリー死す。この年、バーゼルの牧師の娘エリーザベトに恋をする。

一九〇三年（二十六歳）　四月、文筆で立つ決心をして書店を退職、イタリア旅行。五月、父の反対をおして九歳年上のピアニスト、マリーア・ベルヌリと婚約。

一九〇四年（二十七歳）　二月、『ペーター・カーメンツィント』（『青春彷徨』『郷愁』）刊行。好評で、一躍新進作家となる。四月、評伝『ボッカチオ』『アッシジの聖フランチェスコ』刊行。八月、マリーア・ベルヌリと結婚、ガイエンホーフェンの農家を借りて住み、文筆活動に専念する。秋、ヴィーン市のバウエルンフェルト賞受賞。

一九〇五年（二十八歳）　十月、『車輪の下』刊行。十二月、長男ブルーノ誕生。この年、「思い出」執筆。

一九〇六年（二十九歳）　夏、イタリア旅行。十月、雑誌「三月《メルツ》」刊行（一九一二年まで）。この年、「ある少年の手紙」（「私が十六歳になったとき」）、「恋愛」執筆。

一九〇七年（三十歳）　春、ガイエンホーフェンに家を新築。四月、短編集『此岸《しがん》』刊行。庭仕事に励む。この年、「愛の犠牲」（「それがおわかりですか？」）発表。「あの夏の夕べ」執筆。

一九〇八年（三十一歳）　十月、短編集『隣人』刊行。この年、「人生の倦怠《テディウム・ヴィテ》」発表。

一九〇九年（三十二歳）　三月、次男ハンス・ハイナー誕生。十一月、自作朗読旅行。作家W・ラーベ訪問。この年、「ハンス・ディーアラムの見習い期間」発表。

一九一〇年（三十三歳）　秋、『ゲルトルート』（『春の嵐』）刊行。

一九一一年（三十四歳）　七月、三男マルティーン誕生。七月、詩集『途上』刊行。九月〜十二月、画家ハンス・シュトゥルツェンエッガーとアジア（マレー、スマトラ、セイロン）旅行。

（一五七頁につづく）

あの夏の夕べ

私は開け放たれた窓にもたれて、川の流れを眺めていた。それは、とどまることなく、いつもと同じようにそして単調に、淡々と、夜の闇に向かって、遠いかなたに向かって流れて行った。それは私の味気ない日々が流れ去って行くのとまったく同じようであった。それらの日々のうちのどの日もほんとうはすばらしく、忘れることができないほど貴重なものであり得るし、そうであるべきなのに、毎日のどれもが同じように価値もなく、記憶の中に何の痕跡も残さずに消えていってしまうのと同じように。

そんな生活がもう何週間も続いていた。そしてそれがどうしたら変わるのか、またいつ変わるのか、私にはわからなかった。私は二十三歳であった。そして私はある平凡な事務所で毎日を過ごし、そこで重要でもない仕事をして、小さな屋根裏部屋を借り、私にとって最小限必要な食べ物と衣服を買うことのできる程度の収入を得ていた。けれど夕方も夜も早朝も、そして日曜日も、私はその小さな部屋にすわってあれこれ思い悩みながら、何もせずに過ごしたり、もっていた数冊の本を読んだり、ときには図面を引いたり、ある発明品のことをあれこれ思いめぐらしたりしていた。それは私がもう完成したものと思っていたのに、いざそれを実際に動かしてみると、五回、十回、そして二十回も失敗してしまったのであったが……。

あのすばらしい夏の夕方、私はゲルプケ社長の家の内輪のガーデンパーティーへの招待に応じるべきかどうか、決心がつかないでいた。人びとの中へ出て行って、話をしたり、聞いたり、答えたりしなければならないというのは、私の好みとするところではなかった。そんなことをするには私は疲れすぎており、関心もなかったし、また、元気でやっているとか、仕事がうまくいっているとか嘘を言ったり、そのようなふりをしなければならなかったからである。

その反面、そこにはうまい食べ物や飲み物があること、涼しい庭では花や灌木のよい香りがし、観賞用の灌木のあいだや老木の木立のあいだに静かな道があることなどを思い浮かべると、想像しただけでも私は快い気分になり、慰められるのだった。

このゲルプケ社長は、会社の数人の貧しい同僚を別にすれば、この町での私の唯一の知人であった。私の父が、昔一度、この社長か、もしかすると彼の父親に何かしら尽力したことがあったらしい。それで私の母の勧めで、私は二年前に一度彼を訪問したことがあった。それで今でも、この親切な紳士はときどき私を彼の家に招いてくれるわけなのだが、私の教養と服装がつりあわないような人びとの集まりに私を招くようなことはしなかった。

社長の庭の風通しのよい涼しいところにすわることができると考えると、狭くてむっとするような自分の部屋がまったく耐えられなくなったので、私は行くことを決心した。

私は、ましな方の上着を着て、シャツのカラーの垢を消しゴムで落とし、ズボンと編み上げ靴にブラシをかけ、習慣に従ってドアに鍵をかけた。私のところにはどんな泥棒に入られても盗られるものなど何ひとつなかったのに。あのころはいつもそうであったのだが、私は少しくたびれた足どりで、すでにたそがれはじめた狭い路地を下り、人通りの激しい橋を渡り、高級住宅街の静かな道路を通って、社長の家に行った。彼の家はほとんど町はずれにあって、なかば田舎風の、古風で質素な趣きの邸宅で、その隣には石塀に囲まれた庭園があった。

私は、すでに幾度かそうしたように、広く、低く建てられた家と、ツルバラの巻きついた門と、広い飾り縁のあるどっしりとした窓を、胸を締めつけられるようなあこがれの思いで見上げ、そっと呼び鈴の紐を引いて、女中のかたわらを通り過ぎ、はじめての人と会う前にはいつも襲われる興奮と気後れを感じながら、薄暗い廊下に入って行った。

最後の瞬間まで私は、奥様かお子さんたちといっしょにゲルプケ氏が出迎えてくれるという期待をなかば抱いていた。ところがそのとき、庭の方からなじみのない人びとの声が私に向かって押し寄せてきた。それで私は、ためらいながら小さなホールを通って、いくつかの提灯《ちょうちん》によっておぼろげに照らされているだけの庭園の道へと向かって行った。

奥様が迎えてくれ、握手をして、丈高い灌木の茂みのほとりを通って円形花壇のところへと案内してくれた。そこではランプの光に照らされて客たちが二つのテーブルについてすわっていた。社長がいつものように優しく陽気に私にあいさつした。この家族の親しい知人たちが数人私に向かって会釈し、客のうちの何人かは席から立ってあいさつし、私は名前が名乗られるのを聞き、もごもごとあいさつの言葉を言い、一瞬私を観察した二、三人の淑女に向かってお辞儀をした。彼女らはランプの光を浴びてほのかに光る白っぽい服を着ていた。

それから私に椅子が出され、ひとつのテーブルの下座《しもざ》の、かなりの年の女性とほっそりした若い娘のあいだにすわることになった。この婦人たちはオレンジの皮をむいており、私の前にはバターを塗ったパンとハムとワイングラスが置かれていた。年配の女性は私をしばらくのあいだ見つめていた。それから私が文献学者ではないか、そして彼女が私にどこかで出会ったのではないかとたずねた。私は否定して、私が商人、というよりはもともとは技術者であると言って、私がどんな種類の人間であるかについて説明しはじめた。

ところが彼女はすぐによその方を向いて、明らかに私の言うことなど聞いていなかったので、私は口をつぐんだ。そしておいしい食べ物を食べはじめた。誰にも邪魔されなかったので、私はたっぷり十五分のあいだ食事をして過ごした。こんなにたっぷりと上等の夕食をとるのは、私にとってはめったにないぜいたくだったからである。それから私はゆっくりとグラス一杯の上等の白ワインを飲み、それからは何もせずに、次に何が起こるか期待しながらすわっていた。

すると、それまで一度も話をしたことがなかった私の右隣の若い淑女が、不意に私の方を向いて、ほっそりしたしなやかな手で、皮をむいたオレンジを半分、私に差し出した。私は彼女に礼を言ってその果物を受け取りながら、いつになくうれしい、楽しい気分になった。そしてひとりの未知の人間が他人と近づきになるのに、こんなに簡単で、気のきいた好ましい方法はほかにほとんどないであろうと思った。

そのときはじめて私は、この若い淑女を注意深く観察した。彼女は私と同じくらいかもっと背が高く、とてもほっそりした身体つきで、美しい細おもての、上品で繊細な娘であった。少なくともあの瞬間には、彼女はそんなふうに見えた。というのは、そのあとで私は、彼女の身体が優雅で、とてもほっそりしてはいても、力強く、敏捷で、しっかりしていることをはっきりと認めることができたからである。彼女が立ち上がって歩きはじめたとたんに、私の心の中にあった彼女の、庇護を必要とするほどひ弱であるという印象は消えてしまった。歩き方と身のこなしは落ち着いていて、誇らしげで、自信に満ちていたからである。

私はゆっくりとその半分のオレンジを食べた。そしてこの女性と礼儀正しく言葉を交わし、自分がまずまず礼儀正しい人間であることを示そうとつとめた。というのは、彼女がもしかしたらそれまで私が黙々と食事をしているのを観察していて、私のことを、食事のために隣人のことを忘れてしまうような無作法者か、飢えた貧乏人と思ったのではないかという懸念が突然私の心に湧いてきたからである。そして私が飢えた人間と思われたとしたら、無作法者と思われるよりも私にとってはもっとつらいことであったろう。それは絶望的に真実に近いことだったからである。けれどそう思われたとすると、彼女のすてきな贈り物はその簡明な意義を失い、ただのたわむれか、もしかしたら嘲笑にさえなりかねなかった。けれど私の懸念には根拠がないようであった。少なくともこの令嬢の話しぶりや身のこなしには何のこだわりもない落ち着きがあり、私の話に関心をもって礼儀正しく応答し、私を無教養な大食漢と思っているようなそぶりは決して見せなかった。

それでもなお、彼女と話をすることは、私には生やさしいことではなかった。私は当時、人生のある領域では同年配のたいていの青年たちよりもはるかに多くの経験を積んでいたけれど、その反面、社交上のマナーや経験においてははるかに劣っていた。上品な礼儀作法をわきまえた若い淑女との丁重な会話は、私にとってはとにかく一種の冒険であった。それにしばらくあとに、この美しい女性が私の弱点に気づいて、私をいたわっていることがわかった。それは私を熱くさせたが、私の不器用な気後れを克服する役には全然立たず、私を混乱させるだけだったので、私ははじめのよろこばしい気分とは反対に、まもなく不愉快な、意気阻喪した、反抗的な気分になってしまった。

そしてこの淑女がしばらくたってほかのテーブルの会話に加わったときには、私は彼女を自分との会話に引き止める試みはせず、彼女がほかの人たちと快活に楽しげに話しているあいだ、かたくなな、暗い顔つきですわり続けていた。

私に葉巻の入った箱が差し出された。私は一本とって、鬱々として黙念と、青みをおびた夕方の空気の中に煙を吐き出した。そのあとまもなく幾人かの客が席を立って、庭の歩道をしゃべりながら散歩しはじめたとき、私もそっと立ち上がって、わきの方へ行き、葉巻をもって、誰にも邪魔されず、私がこの楽しい催しを遠くから観察できるような一本の木のうしろに立った。

残念ながらどうしても変えられなかった私の極度にきちょうめんな性格のせいで、私は腹を立て、自分の反抗的な態度の愚かさに自分を責めたが、それでも自制することはできなかった。誰も私のことを気にかけなかったし、何ごともなかったように席にもどる決心がつかなかったので、私は半時間ほど、本来なら隠れる必要もないのに木のうしろに隠れていて、この家の主人に私の名を呼ばれるのを聞いたときにはじめて、ためらいながら出て行った。

社長のテーブルに呼び寄せられた私は、私の生活と健康状態に関する彼の好意的な質問に対して、その場かぎりのいいかげんな返事をした。そして徐々にまた団欒の仲間入りをした。私の軽率な逃亡に対するささやかな罰を、私はもちろん免れることはできなかった。あのほっそりした女性は、今度は私の向かい側にすわっていた。そして長いこと見ているうちに私はますます彼女が気に入ったので、それだけいっそう自分の脱走を後悔して、くりかえしまた彼女と話をしようとした。ところが彼女はもう近寄りがたく、私がおずおずと話しかけても聞こえないふりをした。一度、彼女の眼が私に向けられた。その眼は軽蔑的な、あるいは不機嫌なものだろうと思ったけれど、それはただ冷たい、無関心なものであった。

私がつね日ごろ抱きつづけていた劣等感、自己懐疑、空虚感などの暗鬱でいまわしい気分があらためて私を襲ってきた。私はほのかに光る道や、美しい黒々とした葉陰のある庭や、ランプ、果物皿、花、梨、そしてオレンジの載った白いテーブルクロスをかけたテーブルや、上等な服を着た紳士たちと明るい色のきれいなブラウスを着た婦人たちや娘たちや、淑女たちの白い手が花とたわむれているのを見、果物の香りと上等の葉巻の青い煙の匂いを嗅ぎ、礼儀をわきまえた上品な人びとが楽しそうに快活に話しているのを聞いた。――そしてこれらすべてが私には無限に縁遠いもので、私のものではなく、そして私の手には届かず、それどころか手に入れることが許されないもののように思われた。私は闖入者であった。ある卑しいみすぼらしい世界から来て、ここで丁重に、そしておそらくは哀れみをもって仲間に入れてもらっている客にすぎなかった。私は、一時期は出世してもっと上品で自由な人間になりたいと夢見たこともあったけれど、もうとっくに変わる見込みのない、生まれつきの融通のきかない鈍重な人間にもどってしまった、名もない、貧しい、平凡な労働者にすぎなかった。

こうしてこの美しい夏の夕べと陽気な団欒のあいだじゅう、私は慰めのない、不快な気持ちで過ごし、この快い環境を謙虚に楽しむかわりに、この不快な気持ちを、愚かな自虐の中でいっそうかたくなに、極端にまで悪化させてしまった。そして客たちの幾人かが最初に立ち去った十一時に、私も簡単に別れのあいさつをして、最も近い道を通って部屋に帰り、ベッドに入った。というのは、しばらく前から、一種の慢性のけだるさとひどい眠気に襲われていたからである。このけだるさと眠気とに、私は勤務時間のあいだじゅう頻繁に戦わねばならず、暇なときにはたえず無気力になってそれらに負けてしまうのであった。

いつものだらだらした勤務生活のうちに数日が過ぎた。ある悲しい例外的な状態の中で生きているという意識は、もう私の心から失われてしまっていた。私は何も考えず、その日まかせの無関心さで、無感動に、単調で平穏な日々を送り、そのあらゆる瞬間が取りもどすことのできない青春と人生の一部であるにもかかわらず、時間と日々が無為に過ぎ去って行くのを眺めても、残念には思わなかった。

私は時計仕掛けのように暮らしていた。必要な時間に起き、事務所への道をたどり、少しばかりの機械的な仕事をし、パンと卵をひとつ買って食べ、ふたたび仕事にもどり、それから夕方には私の屋根裏部屋の窓にもたれて、そこでしばしば眠り込んでしまうのであった。

社長の家での園遊会の夕べのことを私はもう考えなかった。とにかく日々は何の思い出も残さずに消えていった。そして私がときおり、たとえば夜の夢の中で過去のことを思い出したときには、それは、忘れてしまい、信じられないものになってしまった、前世での存在の余韻のように思われるはるか昔の子供時代の思い出であった。

すると、ある暑い昼間のこと、運命がまたしても私の生活を変えるようなことが起こった。鋭く響き渡る呼び鈴を手にもち、小さな車を引いた白い服を着たイタリア人がひとり、ガチャガチャ音を立てて路地を通り、アイスクリームを売りに来た。私はちょうど事務所から出て来て、何か月来おそらくはじめての、突然の抑えがたい食欲に負けた。私は極度に厳格な、つましい生活方針を忘れて、財布から貨幣をひとつ取り出し、そのイタリア人に、小さな紙の皿に赤みがかったフルーツアイスをいっぱい入れさせ、それを家の入り口のホールでむさぼった。

　この心身を爽快にする冷たい食べ物は、私にはすばらしくおいしく思われた。私は貪欲にこの皿をなめつくしたことを今でも覚えている。そのあとで私は、いつものパンを部屋で食べて、しばらくのあいだなかば夢うつつの中でまどろみ、それから事務所に帰った。そこで私は気分が悪くなった。私は激しい腹痛に襲われた。私は斜面机《プルト》の縁にしがみついて、二、三時間のあいだこの苦痛を我慢した。

　そして勤務時間が終わったあと急いで医者のところへ駆けつけた。私はある保険組合に入っていたので、別の医者のところへまわされた。ところがその医者は夏休みでいなかったので、私はさらにその代理の医者のところへ歩いて行かねばならなかった。その医者に私は彼の家で会った。彼は若い紳士で、私をほとんど彼と対等の人間として扱ってくれた。彼の具体的な質問に応じて、病気の状態や日常の生活状態をかなり詳しく説明すると、彼は私に病院へ入院することを勧めた。そこなら私のひどい住まいにいるよりもずっとよく世話をしてもらえるというのである。そして私が歯を食いしばっても痛みをかみ殺せないでいると、彼は微笑んで言った。

「あなたはこれまで、そんなにたびたび病気になったことがないんですね？」

たしかに私は十歳か十一歳以来、全然病気にかかったことがなかったのである。医者はしかし、ほとんど腹立たしそうに言った。

「そんな生活をしていたら、死んでしまいますよ。あなたがそれほど強靱でなかったら、そんな栄養状態ではもう、とうの昔に病気になっていたはずです。今あなたはそのこらしめを受けているのですよ」

金時計や金縁メガネをもっている彼が、よく簡単にそんなことが言えるなと私は思ったけれど、最近の私の非人間的な生活状態が病気の実際の原因となっていることはわかった。そしてそのとき、私はある種の道徳的な心の重荷が軽くなるのを感じた。私けれど激しい苦痛のため、私は熟考したり、安心したりしている余裕がなかった。私は医者が私にくれた紙切れを受け取り、彼に礼を言って立ち去り、どうしても知らせなくてはならないところに知らせてから、入院するために病院へ出かけた。その病院で私は、最後の力をふりしぼって呼び鈴の紐を引き、くずおれてしまわないように階段にすわりこまなくてはならなかった。

私はかなり手荒く迎えられた。それでも私のどうにもならない状態を見てとると、私をぬるい風呂に入れ、それからベッドに運んでくれた。そこで夢うつつの中で痛みのあまり低く呻いているあいだに、私は完全に意識を失ってしまった。

三日のあいだ私はこれで死ぬにちがいないと感じていた。そして死んでゆくのがこんなにやっかいな、こんなにゆっくりと起こる、こんなに苦しいものであるのに悲しみ、驚いた。一時間一時間が私には無限に長く感じられ、その三日間が過ぎたとき、まるで数週間もそこに寝ていたかのように思われたからである。やっと私は数時間眠ることができた。

そして目が覚めたとき、私は時間の感覚と私の状態についての意識とを取りもどした。けれど同時に私は、自分の身体がどんなに弱っているかに気づいた。身体のどこを動かすのにも大変な苦労が要《い》ったからである。そして眼を開いたり閉じたりするのさえ、私にはちょっとした仕事のように思われた。看護婦が来て世話をしてくれたとき、私は彼女に話しかけた。私はいつもの声で話していると思ったけれど、彼女は身をかがめて顔を近づけなくてはならず、それでも私の言うことをほとんど聞きとれなかったのである。

それで私は再起を急ぐ必要はないということがわかり、大して残念にも思わずに、いつまで続くかわからない期間、他人の世話になるという子供のような状態に従うことにした。実際、私の体力がふたたび目覚めはじめるまでにはかなりの時間がかかった。たとえスプーン一杯の病人用のスープであれ、ほんのわずかな量の食べ物を口にしただけで、私はそのたびにまた胃痛と苦しみを感じたからである。

この異常な時期に私は自分でも驚いたことに、悲しくも腹立たしくもなかった。私がそれまでの数か月、愚かにも無意味な成り行きまかせの日々を無気力に過ごしてきたことが、私にはますますはっきりとわかってきた。自分がどんなことになるところだったかということがわかって、私は愕然とした。そして自分が思考力を取りもどしたことを心からよろこんだ。それはまるで長いあいだ眠っていたようなものであった。そして今、私はとうとう眼を覚まして、ふたたび新たなよろこびをもって私の眼と心を外界に向けた。

このとき、意識が混濁して夢うつつの中で過ごしたこの時期の、すべてのぼんやりした印象と体験のうちで、私がほとんど忘れてしまったものと思っていたいくつかの印象と体験が今、驚くべき具象性と強烈な色彩をもって私の心眼に現れてきたのである。私が今、異郷の病院の大部屋で、独りで楽しんで眺めていたそれらの形象のうちで、ゲルプケ社長の庭で私の隣にすわって私にオレンジを差し出したあのほっそりした女性の姿が一番上に立っていた。

私は彼女の名前も知らなかったけれど、彼女の姿をはっきりと思い浮かべることができたときには、彼女の容姿全体と彼女の優美な顔を、ふつうはただ古くからの知人の場合にしかできないような、なじみぶかい明瞭さで、その身のこなしや言葉や声もろとも思い浮かべることができたのである。そしてこれらすべてがいっしょになって、ひとつの姿をつくりあげ、その優しい美しさを見ると、私は子供が母親のそばで感じるような快い、ほのぼのとした気分になるのだった。

私は彼女にもう、現世の過去だけでなく、前世にも会ったことがあって、それで彼女をよく知っているにちがいないというような気がした。そして彼女のひじょうに優雅な幻影は、時間的な矛盾などまったくおかまいなしに、時間の諸法則とは無縁の同伴者としてまもなく私のすべての思い出の中に、子供時代の思い出の中にさえ出現したのであった。こんなに思いがけないほど身近なものになり、貴重なものとなってしまったこの愛くるしい姿を、くりかえし新たな楽しみをもって眺め、そして私の想像の世界に彼女が静かに存在していることを、ふつう人間が春に桜の花を、夏に干し草の匂いを、驚きや興奮を感じないでしかも心から満足して受け入れるように、そのことを特別に考えもせず、それでいて感謝の気持ちを忘れずに当然のこととして受け入れた。

私の美しい理想像とのこの無邪気で控えめな関係はしかし、私が完全に衰弱しきって現実生活から切り離されて病気で横になっていたあいだだけしか続かなかった。私が体力を取りもどし、少し食べ物を取ることができるようになり、少なくともそれほど疲労困憊することなくベッドの中でふたたび寝返りが打てるようになったとたんに、この女性の姿は、まるで恥ずかしがっているかのように遠くへ退いてしまい、この純粋で冷静な好感のかわりに、あこがれに満ちた欲望が生じた。私は不意に、このほっそりした女性の名前を呼びたい、その名を優しくささやきたい、そしてその名を口ずさみたいという強い欲求をいっそう頻繁に感じるようになり、私にとってその名を知らないことがほんとうの苦しみとなった。

（一九〇七年執筆）

エリーザベト

おまえの額と　口と　手には
好ましい　優しく明るい春がある
私がフローレンスの古い絵画に
見つけたかわいい魅力がある

おまえはもう大昔に一度生きた
おまえ　すばらしくすらりとした五月の精よ
花の衣裳をまとったフローラとして
ボッティチェリがおまえを描いた

おまえはまた　あいさつをして
若いダンテをとりこにした人
おまえの足は無意識のうちに知っている
楽園を通って行く道を

高い空に浮かぶ
ひとひらの白い雲のように
白く　美しく　遠い
おまえ　エリーザベト

雲は行き　さすらう
おまえは雲にほとんど心をとめない
それなのにおまえの夢の中を
雲は行く　暗い夜に

雲は行き　銀色に輝くので
これからはたえまなく
私はこの白い雲にあこがれ
甘い郷愁を抱きつづける

（一九〇〇年）

美しければ美しいほど私には縁遠く思われた

恋愛について語るとすれば――恋愛に関しては私は生涯ずっと少年の域を出なかったといえる。私にとって女性に対する愛は、いつも心を浄化する崇拝であり、暗鬱な気分から高々と燃え立つ炎であり、青空に向かって高く差し伸ばされた祈りの手であった。

母の影響から、また私自身の漠然とした感情から、私は女性全体を、未知の、美しい、謎に満ちた種属と思って崇めたてまつっていた。女性という種属は、生まれつきの美しさと、調和のとれた本性をもつことによって私たち男性よりすぐれており、私たちはそれを神聖なものとして崇めなくてはならないと思っていたのだ。それは、星や、青い山頂のように私たちからは遠い存在であり、私たちよりも神に近い存在であるように見えたからだ。

厳しい人生にさんざん干渉されたので、私は、女性への愛では、甘美なものよりもはるかに多くの苦汁をなめさせられた。女性たちの像はいぜんとして高い台座の上に立ってはいたけれど、それを礼拝する司祭としてのおごそかな私の役割は、あまりにもあっけなく悲惨で滑稽な、愚弄された道化の役割に変わってしまった。

レーズィ・ギルタンナーに私はほとんど毎日、食事に行くたびに出会った。十七歳の、引き締まった、しなやかな身体つきの少女であった。細おもての小麦色のはつらつとした顔は、もの静かで、心のこもった美しさにあふれていた。それは彼女の母がそのころもまだもっており、彼女の祖母も、曾祖母ももっていた美しさだった。この古い、気品のある、祝福された一族からは、何代も続いて一連のすばらしい美人の血統が生まれた。それぞれがみな、しとやかで、上品で、清純で気高く、非の打ちどころのない美人ぞろいだった。十六世紀に描かれた、氏名不詳の名匠の手に成る「フッガー家の少女像」というのがある。これは、かつて私の眼に触れたうちで最もすばらしい肖像画のひとつだ。ギルタンナー家の婦人たちはこれによく似ていて、レーズィもまたそうだった。

こうしたすべてを、私は当時もちろん知らなかった。私はただ彼女が、しとやかで快活な品位ある身のこなしで歩いているのを見て、彼女の飾り気のない人柄の気高さを感じていただけである。そんな夕方、薄暗がりの中で思いをこらしながらすわっていると、彼女の姿をまざまざと眼前に思い描くことができた。すると、甘い、ひそかな戦慄が私の少年らしい心を走り抜けた。しかしやがてこの快楽の瞬間がかげり、私につらい苦痛を与えるのだった。

　私は突然、彼女が私にとってなんと縁のない存在なのだろう、彼女は私を知りもしないし、私のことなどまったく関心もない、そして私が美しく夢に思い描いている姿は、彼女の神聖な存在から盗み取ったものにすぎないではないか、と感じた。そのようなことを鋭く、心が痛くなるほど感じるたびに、いつも、瞬間的にではあるけれど、彼女の姿が、実際にそこにいて呼吸をしているように生き生きと眼前に浮かんできて、暗い、温かい大波が私の心にみなぎりあふれ、私の身体の末端の血管までずきずきと奇妙な痛みを感じたほどだった。

　日中は授業時間の最中とか、仲間との激しい殴り合いの最中に、その大波が襲ってくることがあった。そんなとき、私は眼を閉じて、両手をだらりと垂らしたまま、自分が生暖かい深淵の中へすべり落ちて行くのを感じた。やがて先生に呼ばれたり、仲間に殴りつけられたりしてわれに返るのだった。私は逃げ出して戸外へ走り、不思議な白昼夢を見ているような気持ちで、驚嘆しながらあたりの世界を眺めた。そのとき私は突然、すべてのものがどんなに美しく色どりゆたかであるか、光と息吹がどんなに万物の中に満ちあふれているか、川の流れがなんと澄んだ緑であるか、屋根がなんと赤く、山々がなんと青いかに気がついた。

　けれど私を取り巻いているこの美しさに私は慰められたのではなく、私はそれを静かに悲しい思いで味わった。すべてのものが美しければ美しいほど、それに何の関与もせず、のけ者になっている私には、ますます縁遠いものに思われた。こうして私の重苦しい思いはレーズィのところへ帰っていった。自分がこの瞬間に死んでも、彼女はそれを知りもせず、それを気にもかけず、それを悲しむこともないのだ！

それでも私は、彼女に気がついてもらいたいとは思わなかった。私は彼女のために何か途方もないことをするか、そういうプレゼントをしたかったけれど、誰からかということが彼女にわからないようにしたかったのだ。

実際、私は彼女のためにいろいろなことをした。ちょうど短い休暇に入った。そして私は家へ帰された。そこで私は、毎日ありとあらゆる荒業をやってのけた。すべてはレーズィへの敬意の表明と考えたからだ。登攀《とうはん》のむずかしいといわれている山頂に、私は最も険しい側から登った。湖で小舟に乗って、大変な遠距離をわずかな時間で航行するという向こう見ずなこともやってのけた。このような航行のあと、のどの渇きと空腹のあまり死にそうになって家に帰っても、晩まで飲まず食わずで過ごすことを思いついたりもした。すべてがレーズィ・ギルタンナーのためだった。

私は彼女の名前と彼女を讃える言葉を辺鄙《へんぴ》な尾根や誰も行ったことのないクレバスの裂け目に書きつけた。……私の肩幅はがっしりと広くなり、顔やうなじは茶色に日焼けし、身体じゅうの筋肉は盛り上がってきた。

休暇の終わる日の前日、私は私の恋人のために苦労のすえに手に入れた花の贈り物を捧げた。私は、いくつかの魅力的な山腹の細い帯状の平らな土地にエーデルヴァイスが生えているのを知っていたけれど、香りも色もないこの病的な銀色の花は、私には、いつも魂がないみたいで、全然美しいとは思えなかった。そのかわりに私は二、三本の、寂しく咲いているシャクナゲの茂みがあるのを知っていた。それは、行くのが困難なだけにいっそう魅力的な、遅咲きのシャクナゲで、険しい岩壁の溝に種が風で運ばれて成長したものである。何としてもそこへ行かねばならなかった。青春と恋には不可能なものはないと思って、私は手を傷だらけにし、太ももをひきつらして、ついに目標に到達した。……

注意深く強靱な枝を切り、獲物を手にしたとき、私の心はよろこびのあまりヨーデルを歌い、歓声をあげた。私は花を口にくわえて岩壁を這い下りなければならなかった。向こう見ずな少年がどのようにして無事に岩壁の下にたどり着いたかは神様だけがご存じである。山じゅうのシャクナゲの花はとうに盛りが過ぎていた。私は、つぼみをつけ、優しく開きかけた今年最後のシャクナゲの枝を手に入れたのである。

次の日、五時間の旅のあいだじゅう私はその花を手にもっていた。はじめのうちは、私の心臓は美しいレーズィの住む町へ向かって高鳴ったけれど、高山地帯から遠ざかるにつれて、ますます強く、生まれた土地への愛が私を引きもどそうとした。私はあの鉄道の旅をとてもよく思い浮かべることができる！　ゼンアルプ山塊はもうとうに見えなくなり、次には前山のぎざぎざの尾根もひとつまたひとつと見えなくなり、かすかな悲哀とともに私の心から離れていった。もう故郷の山はみんな見えなくなり、広々とした平坦な淡緑色の地帯が迫ってきた。

最初の旅のときは、私はこんなことにはまったく感動しなかった。けれど今回は、まるで私がますます平坦になるばかりの土地に入り込んでゆき、故郷の山々と市民権を失って、もう決して取りもどせないと宣告されたかのような、不安と恐怖と悲しみが私の心を襲った。それと同時に私は、いつもレーズィの顔が眼前に浮かぶのを見た。それはとても上品で、よそよそしく、冷ややかで私のことなど気にもとめないといった表情なので、私は腹立たしさと苦痛で息がつまりそうだった。

窓外をほっそりとした塔や白い破風《はふ》のある、楽しげで清潔な村落が次々に通り過ぎていった。そして人びとが乗り込んできたり、降りていったり、話したり、あいさつしたり、笑ったり、タバコをふかしたり、冗談を言ったりした。——愉快な低地地方の人びと、世慣れて、率直で、磨きのかかった人たちばかりだ——そして高地地方の鈍重な若者である私は、押し黙って、悲しく、怒りをこらえてその人たちのあいだにすわっていた。もう故郷にはいないのだと、私は感じた。

山々から永久に引き離されてしまったけれど、低地地方の人びとのようには決してならないだろう、決してあんなに楽しげで、あんなに世慣れて、あんなに如才なく、自信に満ちた人びとにはならないだろうと私は感じた。このような人びとが私を笑いものにするのだろう、このような人びとのひとりがギルタンナー家の女性たちといつか結婚し、そしてこのような人びとがいつも私の道をさえぎり、私よりも一歩先んじることになるのだろうと。

このような思いを抱いて私は町へ帰ってきた。そこで私は下宿に着くとあいさつもそこそこに屋根裏部屋へ上がり、箱を開けて大判の紙を一枚取り出した。それは特別上等なものではなかった。私はそれで私のシャクナゲを包んでその包みを家から特別にもってきた紐でしばったとき、それはまったく愛の贈り物には見えなかった。厳粛な物腰で私はそれを弁護士ギルタンナーが住んでいる通りにもって行き、最初のぐあいのよい瞬間をとらえて開け放たれたドアを通って、夕方の薄明の中の玄関をすこし見まわして、私の不格好な包みを幅広い立派な階段の上に置いた。誰にも会わなかった。そして私はレーズィが私のこのあいさつを見ることができたかどうかをついに知ることはなかった。

けれど私は、彼女の家の階段にひと枝のシャクナゲを置くために、生命の危険を賭けて岩壁をよじ登ったのだ。その中には何か甘美な、悲しいけれど楽しい、詩的なものがあって、快かったことを、今日でもなお私は感じている。

『ペーター・カーメンツィント』（一九〇四年）より

そのように星辰《せいしん》は運行する

そのように星辰はその軌道を運行する
変わることなく　理解されることなく
私たちは無数の絆に縛られている
おまえは輝きから輝きへとのぼって行く

おまえの生命は光そのものだ！
私は　私の暗闇の中からおまえの方へ
あこがれの腕を伸ばさずにはいられない
おまえは微笑み　私を理解しない

（一八九八年）

それがおわかりですか？

あなたはもう恋をしたことがおありでしょう？　二、三度ね、ちがいますか？　もちろん、そうですね。けれどあなたはまだ恋するということがどういうことかご存じではありません。あなたはそれをご存じではないと、申し上げているのです。

もしかするとあなたはいつか一晩じゅう泣き明かしたことがあるでしょう？　そして一か月のあいだよく眠れなかったことがあるでしょう？　もしかするとあなたは詩をつくったり、また一度はちょっと自殺をしようかと考えたこともあったのではないでしょうか？　そうです。私にはもうそれがわかっているのです。けれどそんなことは恋ではないのですよ、あなた。恋というものはそんなものではないのです。

まだ十年前には私は人から尊敬される人間で、上流階級のひとりでした。私は行政官で、予備役将校であり、裕福で独立していました。私は一頭の乗馬用の馬と、召使いをひとりかかえ、快適な住居に住み、良い暮らしをしていました。劇場の桟敷席をもち、夏の旅行を楽しみ、ささやかな美術コレクションをもち、スポーツ乗馬とスポーツヨットを行ない、赤白のボルドーワインをたしなむ独身男性の夜会に出席し、そしてシャンパンとシェリーつきの朝食を食べる、といったぐあいでした。

こうしたすべてのものに私は何年ものあいだなじんできました。しかも私は、そういったものがなくともかなり楽に生きていけます。結局、食べ物や飲み物や乗馬やヨットがどれほど大切だというのでしょう、そうではありませんか？　少しばかりの哲学があればよいのです。そうすればすべてのものはなくとも済む、とるに足りないものなのです。それに社交界も名声も、人びとから帽子をとってあいさつされることも、たしかに快いものではありますが、結局は重要なことではありません……。

ひとりの恋する女性のために死ぬこと、今どきの人はめったにそんなことをしなくなりました。それはもちろん、この上なくすばらしいことでしょう。——話を続けさせてください、あなた。私は、男女二人の恋や、キスや二人で寝ることや、結婚の話をしているのではありません。私は全生活を支配する唯一の感情になってしまった恋のことを話しているのです。その恋は、いわゆる〈報われる〉場合でも、徹頭徹尾、孤独なものです。その恋は、ひとりの人間のすべての意志と能力とが情熱をもってただひとつの目標に向かって努力し、そしてどんな犠牲も歓喜になるという性質のものです。このような恋は、幸福であることを望まず、それは燃え、苦しみ、そして破滅することを望みます。それは炎であり、それが手に入れることのできる最後のものを食べつくすまでは、死ぬことができません。

私が愛した女性について、あなたは何も知る必要はありません。もしかすると彼女はすばらしく美しかったかもしれませんし、もしかすると、ただかわいかっただけかもしれません。天才であったかもしれませんし、全然そうではなかったかもしれません。それがどれほど大切なことだというのでしょう、まったく！　彼女は、私がそこで破滅するべく定められていた深淵でした。彼女はある日、私の平凡な生活に差し込まれた神の手でした。そしてそのときから、この平凡な生活は偉大で、豪華なものとなりました。おわかりですか、それは、突如としてもう社会的地位のある男の生活ではなくなり、神の、そしてひとりの子供の、熱狂的で無思慮な生活となり、激しく燃え上がりました。

そのときから、それまで私にとって重要であったすべてのことが、みすぼらしい、つまらぬものになってしまいました。私はそれまで決してなおざりにしなかったことを、なおざりにするようになり、術策をめぐらしてさまざまな旅を企てました。ただひたすらその女性が一瞬微笑むのを見たいがためにです。

彼女のために、私は彼女をよろこばすことができることなら何でもしました。彼女のために私は快活にもまじめにもなり、能弁にも無口にもなり、きちょうめんにも非常識にも、金持ちにも貧乏にもなりました。私がどんな状態であるかに気づいたとき、彼女は私に数えきれないほどの試みをさせました。彼女に奉仕することは私にとってはひとつの快楽でした。彼女がどんなことを思いついても、どんな願望を考え出しても、私はそれらを何でもないことのようにかなえてやりました。

それで彼女は、私がほかのどんな男にもまして彼女を愛していることを知りました。こうして彼女が私を理解して、私の愛を受け入れた平穏な時期がやって来ました。私たちは千回も逢いました。私たちはいっしょに旅をしました。私たちはいっしょにいるために、そして世間を欺くためにとんでもないことをしました。

そのとき私たちは幸福であるはずでした。彼女は私を愛していました。そしてしばらくのあいだ、私も幸せだったと思います。多分ね。

けれど私のさだめは、この女性を征服することではありませんでした。私がしばらくのあいだあの幸福を楽しみ味わい、何の犠牲も払う必要がなくなったとき、私が何の努力もせずに彼女の微笑みやキスや愛の夜を得られるようになったとき、私は不安になりはじめました。私は自分がどうなったのかわかりませんでした。私は、私のこの上なく大胆な願望がこれまでに求め得た以上のものを手に入れました。けれど私は落ち着きませんでした。

すでに申し上げたように、私のさだめはこの女性を征服することではなかったのです。私にそれができたのは、ひとつの偶然でした。私のさだめは、私の愛のために苦しむことでした。そして愛を手に入れたことが、この苦しみを癒し、冷却しはじめたとき、不安が私を襲ったのです。しばらくのあいだ私はこの生活を続けましたが、それから奇妙な感情が突如として私を駆り立てたのです。私はこの女性を捨てたのです。

私は休暇をとって大旅行をしました。私は当時すでに、財産をかなりひどく使い込んでいました。けれどそれがどれほど重要なことでしょうか？ 私は旅をして一年後に帰ってきました。奇妙な旅でした！ 私が旅立つやいなや、昔の炎がふたたび燃えはじめたのです。私が彼女から遠ざかれば遠ざかるほど、離れている時間が長くなればなるほど、私の情熱がもどってきて、私をますます苦しめることになりました。そして私はそれを傍観しました。そしてよろこびました。そしてその情炎がもう我慢できなくなり、私の愛人の近くにもどらなければどうしても生きていけなくなるまで、一年のあいだどんどん旅を続けました。

そこで私は思い立って、ふたたび故郷にもどり、彼女に会ったのです。怒って、ひどく傷ついていた彼女に。それも当然ですよね。彼女は私に身も心も捧げ、私をこの上なく幸せにしてくれました。それなのに私は彼女を見捨ててしまったのですから！ 彼女はまた愛人をもっていました。が、彼を愛していないことが私にはわかりました。彼女は私に仕返しをするために彼を愛人にしたのです。

私を駆り立てて彼女のところから去らせ、そして今ふたたび彼女のところへもどらせたものが何であったのか、私はそれを彼女に言ったり書いたりすることはできませんでした。私自身それがわかっていたのでしょうか？　こうして私はふたたび彼女に求愛し、彼女の愛を得るために戦いはじめました。私は彼女のひと言を聞くために、あるいは彼女が微笑むのを見るために、以前のように彼女を追って方々に旅をし、大切なことをなおざりにし、多額の出費をしました。彼女は愛人を捨てましたが、もう私を信用していなかったので、まもなくほかの愛人をつくりました。それでもなお彼女はときおり私に会うのをよろこびました。ときおり、ある会食の席や劇場で、彼女は彼女を取り巻く人びとの群れのあいだから、突然私を奇妙に優しく、もの問いたげに見つめました。

彼女はいつも私のことを途方もない金持ちだと思っていました。私は彼女にそう信じるように仕向け、そう信じさせておきました。それはひとえに、彼女が貧しい人からは決して受け入れなかったであろうようなことを、何度も何度も彼女のためにしてあげたかったためです。以前、私は彼女にさまざまな贈り物をしました。贈り物をしてよろこばせることは、今はもうできませんでした。それで私は彼女をよろこばせ、彼女のために犠牲になることのできる新しい方法を見つけなければなりませんでした。私は、彼女が高く評価している音楽家が彼女の大好きな曲を演奏したり歌ったりするコンサートを何度も開きました。私は彼女に初演の切符を贈ることができるように仕切り席を買い占めました。彼女はふたたび私にいろいろなものを調達させる習慣を取りもどさせました。

私はたえまない仕事の渦の中におりました。彼女のためにです。私の財産はすっかりなくなってしまいました。そして借金と財政上のやりくりがはじまりました。私は、私の絵画、古い陶磁器、乗馬用の馬などを売りました。そしてそのかわりに彼女に自由に使ってもらうための自動車を買いました。

それから私は、自分が破局に直面するところまで追いつめられました。彼女を取りもどせる希望を見いだしたと同時に、私は私の最後の資金源が尽きてしまうのを見たのです。けれど私はそれでやめてしまう気はありませんでした。私はまだ私の官職、私の影響力、私の立派な地位をもっていました。それが彼女のために役に立たないとしたら、そんなものは何のためにあるのでしょう？　そこで私は嘘をつき、公金を着服し、執達吏《しつたつり》を恐れることをやめました。もっと悪いことを恐れなければならなかったからです。

けれどそれは無駄ではありませんでした。彼女は二人目の愛人を追い払ったのです。そして私には、彼女がもう誰も愛人をつくらないか、私を愛人にするだろうということがわかりました。彼女はふたたび私を選びました。そうなのです。つまり、彼女はスイスに行きました。そして私に、彼女のあとについて行くことを許したのです。翌朝、私は休暇の願い書を出しました。その返事のかわりに、私は逮捕されました。公文書偽造、公金横領の罪状です。

何もおっしゃらないでください。その必要はありません。私にはもうわかっているのです。けれど辱めを受けること、そして罰せられること、そして最後の上着まではぎとられることもなお、私にとっては愛の炎で、情熱で、愛の報酬を意味したことがおわかりでしょうか？　それがおわかりですか、あなた、恋している若いお方？

『愛の犠牲』（一九〇七年）より

炎

おまえがきらびやかに着飾ってダンスに行こうとも
おまえの心が傷だらけになって憂い苦しもうとも
おまえの心に生の炎が燃えているという
すばらしい事実をおまえはやはり日々新たに体験する

かなりの者は炎を激しく燃やし燃えつきる
恍惚とした瞬間に　陶然として
ほかの者たちは慎重に　冷静に
さらに子や孫に彼らの運命を伝える

しかし　その者の道が薄暗がりの中を通り
その日の苦労に満ち足りて生き、
いのちの炎を一度も感じたことのない者
その者の日々だけは救いがない

（一九一〇年）

＊

ひとりの人間が恋する相手を得ることができず、独占できないということは、すべての人の運命のうちで最も頻繁に起こることです。そしてそれを克服するためには、その人が自分の恋のためにもっている情熱と献身の余剰を恋の対象から引き離し、それをほかの目標に、仕事とか、社会的活動とか、芸術等にふり向けるべきです。それがあなたの恋を実りゆたかに、意義ぶかいものにすることのできる方法です。あなたが今、ひたすらあなたご自身の心を燃やしているその火は、あなたひとりの所有物であるだけではありません。それは世界の、人類のものなのです。そしてあなたがその火を実りゆたかなものにすることができれば、苦しみはよろこびに変わるでしょう。

断章11――『書簡選集』（一九七四年）より

＊

愛されるということは、決して幸せなことではない。人は誰でも自分自身を愛しているが、愛するということ、これは幸せである。

断章12――『クラインとヴァーグナー』（一九二〇年）より

私が十六歳になったとき

私が十六歳になったとき、私はある不思議な、おそらくは早熟の憂鬱な気分がつのるにつれて、少年時代のさまざまなよろこびがよそよそしいものになって、失われてしまいました。私は、弟が砂地に運河をつくったり、槍投げをしたり、蝶を採集したりするのを見ました。そしてそのときに、心からの満足を感じている彼をうらやましく思いました。そのひたむきな情熱を私はまだひじょうによく思い出すことができたからです。その情熱が私から失われてしまったのです。いつなのか、なぜなのかはわかりませんでした。それが失われたために、まだ大人のさまざまな楽しみを味わうことができなかった私には、さまざまな不満とあこがれが生じてきました。

長続きはしませんでしたが、私はとても熱心に、あるときは歴史に、あるときは自然科学に夢中になりました。一週間ぶっ通しで毎日夜遅くまで植物の標本をつくったり、二週間のあいだゲーテ以外何も読まなかったりしました。私は孤独を感じました。そして望みもしないのに私は現実生活とのすべてのつながりから切り離されてしまったように感じました。そしてこの生活と私とのあいだの深淵に、私は本能的に、学習すること、知識を得ること、認識することによって橋を架けようとしました。私ははじめて、私たちの庭を町と谷の一部として、谷を山脈の刻み目として、山岳を地球の表面にはっきりと区分された一画として把握しました。

はじめて私は、星を天体として、山岳の形を地球の力が必然的につくり出したものとして観察しました。そしてはじめて私は、この時期に諸民族の歴史を地球の歴史の一部として把握しました。表現したり、定義したりすることは当時まだできませんでしたが、それは私の心の中に存在し、生きていました。

簡単に言えば、この時期に私は考えることをはじめたのです。こうして私は、自分の人生を、条件つきのもの、限りあるものとして認識し、それとともに私の心に、あの子供のころにはまだ知らない願望、つまり自分の人生をできるだけよいものに、美しいものにしたいという願望が目覚めたのでした。おそらくすべての若い人びとは、おおよそ同じようなことを体験するのでしょう。けれど私は、それがまるで完全に私の個人的な体験だったかのようにお話しするのです。実際それは私にとってまったく私だけの体験だったのですから。

満たされぬ思いで、また到達できないものへのあこがれに消耗させられながら、私は数か月のあいだ勤勉に、しかしそわそわしながら興奮して、それでもなお温かさを求めながら日々を過ごしました。そのうちに、自然は私よりも賢明で、私のこの苦しい状態の謎を解いてくれました。ある日のこと、私は恋をしたのです。そして思いがけず、人生とのあらゆる関連を、それまでのいつの時期よりも強固な、そして多様な関連を取りもどしたのでした。

それ以来、私はあのころよりももっとすばらしく貴重なひとときや日々を過ごしたことはあっても、あのころほど温かく、たえずほとばしる感情に満たされた幾週間や数か月は二度とふたたび体験したことがありませんでした。私の初恋のことをあなたにお話ししようとは思いません。それは重要なことではないからです。それに外面的な状況がまったく違ったものになった可能性もあったからです。

けれど私が当時暮らしていた生活を少しお話ししてみたいと思います。うまく描写できないことはわかっているのですが。性急な探求は終わっていました。私は突如として、生きている世界のまっただ中に立っており、無数の根をもつ繊維によって大地と人間とに結ばれていました。私の感覚は変わってしまい、以前よりも鋭くはつらつとしたものになったように思われました。とりわけ眼がそうでした。私にはすべてがそれまでとまったく違って見えました。私には、芸術家のように、前よりも明るく、多彩に見えました。私は見ることとそのものによろこびを感じました。

私の父の庭は夏のはなやかさに輝いていました。そこでは花盛りの灌木や夏の葉が密生した樹木が紺碧の空に向かって立ち、キヅタは高い防護壁に這いのぼり、そしてその上に赤みがかった岩石と青黒いモミの森におおわれた山が安らっていました。そして私は立ってそれを見つめ、そしてあらゆるものがそれぞれ美しく、生気にあふれ、多彩で、光り輝いているのに感動しました。いくつもの花がその花柄《かへい》の上で優しく揺れ動き、多彩な花冠から私の心を感動させるほど優雅に、まごころ込めて見つめていたので、私は花が好きになり、詩人の歌を楽しむようにそれらを眺めて楽しみました。

　また、それまでまったく気にとめたことのなかったたくさんの物音が今、私の注意を引き、私に語りかけ、私の心を奪いました。たとえば、モミの木立や草の中で吹く風の音、草原で鳴いているコオロギの声、遠い雷の響き、川の堰の轟音、小鳥たちのさまざまな啼き声などでした。夕方、私は黄金色の夕焼けの光の中を飛ぶ小鳥の群れを見、その羽音を聞き、池のほとりで蛙たちの声に聞き入ったものでした。無数の取るに足りないものが一挙に、私にとっては好ましく大切なものとなり、特別な出来事のように私を感動させました。たとえば、私が毎朝気晴らしに庭の二、三の花壇に水をやったとき、土と草花の根がとても感謝してむさぼるように水を吸い込むときなどです。あるいはまた、私は小さな青い蝶が真昼の日の光を浴びて酔ったようによろめき飛ぶのを見ました。あるいは一輪の若々しいバラの花が開くのを観察しました。あるいは夕方、小舟から手を水に浸して、指のあいだにやわらかく生暖かい川の水が流れるのを感じました。

どうすることもできない初恋の苦しみにさいなまれ、不可解な苦労や、日々のあこがれや希望や失望などに揺り動かされながら、私は憂鬱な気分と恋の不安に苦しみはしたものの、心の奥底ではやはりあらゆる瞬間に幸せでした。私を取り巻いていた一切のものが私には好ましく、そして私にとってひとつの意味をもっていました。死んだものや空虚な場所が世界にまったくなくなったのです。これらすべてのものは、もう決して私から失われはしませんでしたが、それはまたもう決してあのときほど強く、安定してもどってきたことはありませんでした。そしてそれをもう一度体験すること、それを記録することで自分のものにすること、それが今、私にとって幸福を意味するものなのです。

あなたはもっとお聞きになりたいですか？　あの当時から今日まで、私は実はいつも恋をしていました。私には私が経験したすべてのもののうちでやはり女性に対する愛ほど高貴で、火のように激しく、魅惑的なものはほかにないように思われます。いつも私は女性や少女と恋愛関係にあったわけではなく、いつもある特定の個人を意識して恋していたわけではありませんが、いつも私の心は何らかのかたちで愛に関わり合っており、そして美の崇拝は、私にとっては変わることのない女性崇拝でした。

恋の物語をお話しするつもりはありません。私は一度恋人を数か月のあいだもっていたことがあり、時おり何かのはずみに、なかば思いがけず一度のキスやひとつの視線や、愛の一夜をかちとったこともありました。けれど私がほんとうに女性を愛したときは、それはいつも不幸な愛でした。そして厳密に考えてみるとき、望みのない愛の苦悩や、不安や、気後れや、眠られぬ夜々は、ほんとうはすべてのささやかな僥倖《ぎょうこう》や成功よりもはるかにすばらしいものでした。

「ある少年の手紙」（一九〇六年執筆）より

寒い春に恋人に捧げる歌

寒い玄関の間で　時計が鳴る
八時　九時　それとも十時
私は数えない　聞き耳をたてているだけ
すべての時が　なんと　かそけく過ぎて行くかを

時は　雪の中の風のように飛び去る
冬が来る前の渡り鳥の群れのように飛び去る
それは　私を慰めることはない
それは　私を悲しませることもない
だがそれは　おまえのいない時間なのだ

（一九二四年）

1920年，43歳のヘッセ

一九一二年（三十五歳）　九月、一家でスイスのベルン郊外に転居（以後、生涯スイスに住む）。

一九一三年（三十六歳）　春、紀行文『インドから』刊行。三月〜四月、イタリア旅行。この年、「大旋風」発表。

一九一四年（三十七歳）　三月、『ロスハルデ』（『湖畔のアトリエ』）刊行。七月、第一次世界大戦勃発。八月、徴兵検査を受けるが不合格。十一月、新ツューリヒ新聞に論説「おお、友よ、そんな調子はよそう！」掲載。大きな反響。年末、詩集『孤独者の音楽』刊行。

一九一五年（三十八歳）　七月、『クヌルプ』（『漂泊の人』）刊行。夏、戦争捕虜援助の協力をはじめる。八月、ロマン・ロラン来訪、以後、終生親交を結ぶ。十月、新ツューリヒ新聞に「再びドイツで」を掲載。ヘッセは、その平和主義のために、「売国奴」「兵役忌避者」などと非難され、ドイツの新聞・雑誌からボイコットされる。

一九一六年（三十九歳）　一月、「ドイツ捕虜新聞日曜版」「ドイツ抑留者新聞」の編集に従事。再度の徴兵検査不合格。三月、父死亡。妻の精神病悪化。三男発病入院。四月〜五月、過労・心労のためノイローゼとなり、精神科医の精神分析を受ける。水彩画を描きはじめる。

一九一七年（四十歳）　十二月、「ドイツ人戦争捕虜のための文庫」設立。一九一九年までに二十二冊出版。

一九一八年（四十一歳）　「水彩画つき手書き詩集」を製作販売し、戦争捕虜慰問の資金とする。この年、「マルティーンの日記から」（「愛することができる人は幸せだ」）執筆。

一九一九年（四十二歳）　一月、『ツァラトゥストラの再来』を匿名で刊行。四月、戦争捕虜援助の仕事終了。五月、家族と別れ、単身モンタニョーラのアパート「カーサ・カムッツィ」に住み、再出発を図る。水彩画に熱中する。六月、『デーミアン』を匿名で刊行（フォンターネ賞を受賞するが、翌年、自作であることを公表して賞を辞退・返還する）。『小さな庭』『体験と詩作』『童話集《メールヒエン》』刊行。七月、歌手ルート・ヴェンガーを識る。十月、雑誌「ヴィーヴォス・ヴォーコー」を創刊（二六年まで）。

一九二〇年（四十三歳）　一月、バーゼルで初の水彩画個展。二月、テッスィーン州の定住許可証取得。五月、『クリングゾルの最後の夏』刊行。十月、画文集『徒歩旅行』、詩画集『画家の詩』刊行。十一月、ロマン・ロラン来訪。十二月、フーゴー・バル夫妻と親交を深める。

一九二一年（四十四歳）　二月と五月、C・G・ユングのもとで精神分析を受ける。六月〜七月、ヴェンガー家訪問。ルートの父、ルートとの結婚を迫る。八月、妻と離婚について話す。

一九二二年（四十五歳）　一月、ヴィンタートゥーアでエーミール・ノルデと水彩画展。五月、T・S・エリオット来訪。九月、『ピクトールの変身』執筆。十月、『シッダールタ』刊行。

一九二三年（四十六歳）　七月、マリーア夫人と離婚。九月、ツューリヒ近郊のバーデン温泉で座骨神経痛の治療。以後、この湯治が毎年の習慣となる。

一九二四年（四十七歳）　一月、ルート・ヴェンガーと結婚。十一月、ベルン州市民権取得。

一九二五年（四十八歳）　春、『湯治客』刊行。十一月、ドイツへ自作朗読旅行。この年、「カザノヴァ」執筆。

一九二六年（四十九歳）　一月、精神分析再開。二月、随筆集『絵本』刊行。ニノン・アウスレンダーと親交を深める。十月、プロイセン芸術アカデミー会員に選ばれる。

一九二七年（五十歳）　一月、妻ルート離婚を望む。四月、『ニュルンベルクの旅』刊行。五月、ルートと離婚。六月、『荒野の狼』刊行。七月、五十歳の誕生日を記念して、フーゴー・バルの『ヘッセ評伝』刊行される。夏、ニノン・アウスレンダーと会う。

（二五三頁につづく）

思い出

大きな岩が嵐をさえぎってくれる静かな場所で、私は持参の昼食のパンを食べた。黒パンとソーセージとチーズだ。――強い風に吹かれて数時間山を登ったあと、サンドイッチにかぶりつく最初のひと口――それはひとつのよろこびだ。子供のころに味わったのとまったく同じよろこびを、今も心ゆくまで味わわせ、私を幸せにしてくれる、ほとんど唯一の強いよろこびだ。

明日はおそらく、ブナの森の、ユーリエからはじめてのくちづけをしてもらったあの場所を通るだろう。コンコルディアという市民クラブのハイキングのときだった。そのクラブに私は、ユーリエのために入会し、ハイキングの翌日に退会してしまった。明後日はおそらく、うまくすると、彼女本人に会えるだろう。彼女はヘルシェルという名前の裕福な商人と結婚した。そして三人の子供をもっており、そのうちのひとりは、目だって彼女に似ていて、やはりユーリエという名前だそうだ。それ以上のことは知らないけれど、それで充分すぎるというものだ。

ところで私はまだよく覚えている。旅立ってから一年たって、外国から彼女に宛てて、自分が職につく見込みもお金をもうける当てもないこと、私のことを待たないでほしいということを書き送ったことを。すると彼女は、お互いの心を不必要に重くすることはやめていただきたい、早かろうと遅かろうと、お帰りになるのならこのまま待っております、と返事をよこした。ところが半年のちに、ふたたび手紙をよこし、あのヘルシェルのために自由にしてほしいと頼んできた。最初のころは悩みと怒りから、私は手紙を書かず、なけなしの金をはたいて彼女に四語か五語の事務的な電報を打った。それは海を渡って行き、取り消しようもなかった。

人生はかくもばかげた進行をたどるものか！　偶然か、それとも運命の嘲笑か、あるいは絶望の気持ちのしわざか、——恋の幸せが粉みじんに砕けたとたんに、まるで魔法で呼び出したかのように成功と利益と金がころがり込んできたのだ。それまで望んでも決して得られなかったものが、らくらくと手に入ったわけだけれど、もう価値はなかった。運命は気まぐれなものだ、と私は思って、仲間たちと二日二晩飲んで、胸ポケットいっぱいの札束を使ってしまった。

けれどこのいきさつについてはあまり長くは考えなかった。食事が済むと、空になったソーセージの包み紙を風に向かって投げ、コートにくるまって昼の休みをとった。私はむしろ、当時の恋のことや、ユーリエの姿と顔のことを考えた。上品なまゆと大きな黒い眼の細おもての顔だった。そしてあの日のブナの森でのことを考えた。彼女はさからいながらもだんだんと私の言うなりになって、私がキスをするとふるえたけれど、やがてとうとう私にキスを返し、まだまつげに涙を光らせながら、夢の中からのようにほんのかすかに微笑んだのだった。

過ぎ去ったことだ！　だが、あのことで最もすばらしいことは、キスをしたことでも、いっしょにした夕方の散歩でも、人目を忍ぶ逢瀬《おうせ》でもなかった。それは、あの恋から湧き出した私の力、彼女のために生き、闘い、水火をも辞さないあのよろこばしい力だった。一瞬のために身をなげうつことができること、ひとりの女性の微笑みのために幾年月《いくとしつき》をも犠牲にできること、これは幸せなことだ。この幸福は私から失われることはない。

『秋の徒歩旅行』（一九〇六年）より

なんとこの日々は……

なんとこの日々は耐えがたいことか！
温まることのできる火はどこにもなく
太陽も私には笑いかけない
すべてが空しい
すべてが冷たく　無慈悲だ
そして愛らしい澄んだ星々も
見つめるだけで　慰めてはくれない
愛が死んでしまうことがあることを
心の中で知ったあのときから

（一九一一年）

恋愛

私の友人トーマス・ヘップフナー氏は、恋愛に関しては疑いもなく私のすべての知人の中で最も多くの経験をつんだ人である。少なくとも彼はたくさんの女性と情事を経験し、長年の修業で求愛の技術に通暁し、ひじょうにたくさんの女性を征服したことを自慢することができるのである。彼にその話を聞くと、私などはほんの学童にすぎないように思えてしまう。けれど私はときおり、まったくひそかに、ほんとうの恋愛の本質については彼にも、私みたいな者以上のことはわかっていないのではないかと思うことがある。ひとりの恋人のために幾夜も眠らずに泣き明かしたなどという経験は、彼の人生にほとんどなかったと思う。とにかく彼には、めったにそんな必要はなかったはずである。

そして私は、そのことで彼をうらやましいとは思わない。彼は成功しているにもかかわらず、快活な人間ではないからである。むしろ彼は軽い憂鬱症にかかっていると見られることがまれではなく、彼の行動全体にどことなくあきらめきった落ち着きが、満足しているようには見えない抑圧された雰囲気が漂っているからである。

ところで、これは推測であり、もしかすると思いちがいかもしれない。心理学で本を書くことはできても、人間を徹底的に究明することはできはしないし、私は心理学者ではないからである。いずれにしても、私の友人トーマスは、遊びではない恋愛をするためには何かが欠けているために、たんに恋の戯れの名人にすぎず、自分自身のその欠陥を知っていて、残念に思っているために憂鬱症にかかっているのではないかと、私にはときどき思われることがある。——ただの推測で、思いちがいかもしれないけれど。

彼が最近、私にフェルスター夫人について話したことは、ほんとうの体験でも恋の冒険でもなく、たんにある雰囲気、ひとつの抒情的な逸話にすぎないのだけれど、私には奇異なものに感じられた。

ヘップフナーがちょうど《青い星》を出ようとしているとき、私は彼にばったり出会った。そして「ワインを一本飲もう」と彼を説得した。彼がもっとよいワインをおごらざるを得ないように、私は自分でもふだんは飲まない並のモーゼルワインを一本注文した。仕方なく彼はボーイを呼びもどした。

「モーゼルではない、待ってください！」

そして彼は、上等な銘柄をもってこさせた。思った通りうまくいったわけである。

よいワインを飲みながら私たちはすぐに話をはじめた。私は慎重に話題をフェルスター夫人の方へもっていった。彼女はまだこの町にはそれほど長く住んでいないのに、たくさんの男性と関係をもったという評判の三十歳そこそこの美しい女性である。

彼女の夫は役立たずであった。私の友人トーマスが彼女のところに出入りしていることを、私は少し前から知っていた。

「さて、フェルスター夫人のことだが」と彼はついに私に負けて言った。「きみがそんなに彼女に関心をもっているならね。どう言ったらいいかな？　彼女とは何も体験してはいないんだよ」

「全然？」

「まあ、人が考えるようなことはね。だいたいぼくが話せるようなことは何もないんだよ。それにには、詩人にでもならないとね」

私は笑って言った。

「きみはふだんは詩人をそれほど高く評価していないじゃないか」

「どうして評価しなきゃならないの？　詩人なんて、たいてい何にも体験していない連中だよ。きみに言っておきたいことだが、ぼくは、ぜひ書きとめておいた方がいいと思うようなことを、今までにもう無数に体験してきた。なぜ詩人の誰かがそういうことを体験しないのだろう、そうすればそれは書きとめておかれるだろうに、とぼくはいつも思ったものだよ。きみたちはいつもあたりまえのことに大騒ぎをし、どんなささいなことでも短篇小説をひとつ書けるんだからな」

「で、フェルスター夫人のことは？　やはり一篇の短篇小説かい？」

「一篇のスケッチか、一篇の詩さ。ムードだよ、きみ」

「それで、どうしたの」

「うん、あの女には興味があったよ。彼女について言われていることはきみも知っているね。ぼくが遠くから観察したかぎりでは、あの女にはずいぶん情事の経験があるにちがいない。彼女はあらゆる種類の男性を愛して、ねんごろになって、誰とも長続きしなかったように思われたね。それなのに彼女は美しい」

「きみが美しいというのは、どういうことなんだい？」

「実に簡単なことさ。彼女には余分なものが何もない。多すぎるものが何もないんだ。彼女の身体はみごとに均整がとれていて、身のこなしは思うがままだ。身体のどこにもコントロールのきかないところはなく、すべて正常に動き、鈍重なところがない。彼女が最高度の美しさを発揮できないような状況など、ぼくは想像することができない。まさにそのことにぼくは惹きつけられたんだ。ぼくには自然のままのものなどはたいてい退屈なものだからな。ぼくは意識してつくられた美を、意図的につくられた形式を、つまり文化を求めているのさ。まあ、理論はやめておこう！」

「できればやめてもらいたいね」

「そういうわけで、ぼくは彼女を紹介してもらって二、三度訪ねて行ったよ。その時期には愛人はいなかった。それはすぐにわかった。夫はいわば高価な陶磁器の人形さ。ぼくは彼女に近づきはじめた。テーブル越しにじっと二、三度見つめたり、ワイングラスを打ち合わせるときに低い声でひとこと言うとか、長すぎるほど手にキスを続けたりとかね。彼女はそれに続いて来るものを待ちながら、それらを受け入れた。こうしてぼくは彼女がひとりでいるにちがいない時間に訪問して、彼女のところへ通された。

彼女に向かい合ってすわったとき、ぼくはここでどんな手管《てくだ》も役に立たないと、すぐさま気がついた。それでぼくは伸《の》るか反《そ》るかの大勝負をやった。つまり彼女にあっさりと『私はあなたに恋をしてしまったので、あなたのお望みのままに何でもいたします』と言ってみた。そこでおおよそこんな対話が交わされたのだ。

『もっとおもしろいことを話しましょうよ』

『あなた以上に興味を引かれるものは何もありません、奥様。私はあなたにそれを申し上げるために参りました。もしそれが退屈でしたら、退散いたします』

『それではあなたはいったい私に何をお望みですの？』

『愛でございます。奥様！』

『愛ですって！　私はあなたのことをほとんど存じませんし、あなたを愛してもおりません』

『冗談を申し上げているのではないことは、おわかりでしょう。私は、私自身と私ができるすべてのものをあなたにさしあげます。それにあなたのためでしたら、どんなことでもできるでしょう』

『ええ、みなさんそうおっしゃいますわ。あなたがたの愛の告白には新しいことがあったためしがありません。いったい私の心を奪うために、あなたは何をなさるおつもりなの？　あなたがほんとうに愛しているとおっしゃるなら、あなたはもうとっくに何かなさったはずですわ』

『たとえばどんなことですか？』

『それはあなたご自身がご存じのはずでしょう。一週間断食なさるとか、ピストル自殺をなさるとか、あるいは詩をおつくりになるとかできたはずでしょう』

『私は詩人ではございません』

『どうしてですか？　ほんとうに愛している人なら、愛している相手のただ一度の微笑でも、ただ一度のウインクでも、ほんのひと言でも、それを得るためには詩人にも英雄にもなるものですわ。その人のつくった詩が上手なものではなくても、その詩は熱烈で、愛情にあふれているはずです』

『仰せの通りです。奥様。私は詩人ではありませんし、英雄でもありません。またピストル自殺もしません。そしてもし私がそうするとすれば、それはひとえに私の愛情が、あなたが要求されてもよいほどに強大で熱烈ではないのを苦しむあまり、そうすることでしょう。けれどそうしたすべてのことのかわりに、私には、あなたのおっしゃる理想的な愛人がもたないただひとつの長所があります。それは、私があなたを理解しているということです』

『何を理解していらっしゃるんですか?』

『あなたが私のようにあこがれをもっていらっしゃることです。あなたは、愛人を求めておられるのではなく、愛したいのです。何の目的ももたずにひたすら愛したいのです。それなのに、あなたにはそれがおできになりません』

『そう思ってらっしゃるの?』

『そう思ってます。あなたは、私が求めているように、愛を求めていらっしゃいます。そうではありませんか?』

『もしかしたら』

『ですからあなたは私を必要とはなさらないのです。それで私はもうお邪魔をいたしません。けれど、私がおいとまする前に、あなたがいつかほんとうの恋にめぐりあったことがおありなのかどうかを、どうか私に話してくださいませんか』

『一度ですわ、多分。私たちはここまで立ち入ったお話をしたのですから、もちろんお話ししてもかまいません。それは三年前のことです。そのとき私ははじめてほんとうに愛されていることを感じました』

『もっと伺ってよろしいでしょうか？』

『かまいませんわ。当時ひとりの男性が現れて、私と知り合いになり、私を好きになりました。そして私が結婚しておりましたので、彼はそれを私に言いませんでした。そして私が夫を愛しておらず、お気に入りの男性と関係をもっていたのを知ったとき、彼はやって来て、私に離婚するようにと勧めました。そうはいきませんでした。それでそのときからその男性は私のために心を配り、私たちを見守り、私に警告し、私のよい後見者であり、友人となりました。そして私が彼のためにお気に入りの男性と縁を切って、彼の愛を受け入れると申し出たとき、彼は私の申し出を軽蔑的にはねつけて、立ち去り、もう二度と来ませんでした。この人は私を愛したのです。彼以外には誰もいませんでした』

『わかりました』

『それではもうあなたはお帰りになりますね？　お互いにおしゃべりしすぎたようですわね』

『ごきげんよう。私はもうお伺いしない方がよいと思います』」

私の友は口をつぐんでしばらくしてからボーイを呼び、支払いをして立ち去った。そしていろいろあるけれど、とくにこの話から、私は彼にはほんとうに愛する能力が欠けていると推論したわけである。とにかく彼は自分でもはっきりそう言ったのである。それでもなお、人間が自分の欠陥について話をするときには、最も信用がおけないものである。

自分を完全な人間だと思い込んでいる人がよくいるけれど、そういう人たちはただ自分に対してほとんど何も要求しないからにすぎない。そういうことは私の友人はしない。そして真実の愛に対する彼の理想が、まさに彼を現在の彼のような女たらしにしてしまったのかもしれない。もしかするとまた、この賢い男は私をからかったのかもしれない。そしてフェルスター夫人とのあの会話は、たんに彼の創作であったのかもしれない。彼は、自分ではそれにひどく異議を唱えているものの、隠れた詩人だからである。まったくの推測で、思いちがいかもしれないけれど。

（一九〇六年執筆）

＊

人生は、理性と論理からばかり見たのでは、悲しみも、よろこびも生まれてきません。つまり、私たちが私たちの《感情》を、すべて理性の管轄下におけば、おそらく私たちは私たちの《感情》の価値や生命や意義をはなはだしく損なうことになるでしょう。そのことは恋を例にとってみると最もよくわかります。かつていったい誰が、理性から恋をしたり、意志から恋をしたりしたことがあったでしょうか？　ありません。私たちは恋を患います。けれど、恋の苦しみに心身を捧げれば捧げるほど、ますます恋は私たちを強くします。

断章13──『書簡全集』第二巻（一九七九年）より

たわむれに

私の詩歌が
あなたのドアの前に立っています
それらはドアを叩きお辞儀をする
開けてくれますか？

私の詩歌は
絹のような響きをもっています
あなたが階段を下りるときの
あなたの服のきぬ擦れの音のように

私の詩歌は
やさしい香りを運びます
あなたの大好きな花壇の中の
ヒヤシンスの花と同じように

私の詩歌は
濃い赤色をまとっています
その色はあなたの絹の服のように
音を立てて燃え上がります

私の一番美しい詩歌は
あなたそのものにそっくりです
それらは門口に立ってお辞儀をします
開けてくれますか？

（一八九八年）

＊

毎日の個人的な体験で、私たちは誰でも、こんな昔ながらの経験をする。どんな人間関係も、どんな友情も、どんな感情も、それに私たちが自分たちの血の一部を捧げなかったならば、私たちが愛と配慮を、犠牲と闘争を捧げなかったならば、私たちに誠実であり続けることはなく、信頼し得るものではないという経験である。誰でも、恋をすることがどんなに簡単であるか、そしてほんとうに愛するということがどんなにむずかしく、すばらしいことであるかを知っており、体験する。愛というものはほかのすべての本物の価値をもったものと同じように、金で買えるものではない。買うことのできる歓楽はあるけれど、買うことのできる愛はない。

断章14―「心の富」(一九一六年執筆) より

＊

私は、青春時代に崇拝したすべての私の理想の女性像を思い浮かべた。――ひたすら生命の内奥に近づこうと、ひたすら私の心の中の、私にもはっきりしない問いかけの声に対するひとつの答えを見つけようと、彼女らに私の最も愛するもので最もよいものを捧げる心の準備をしてひざまずいた女性たちを。

私たちは歳を重ねて大人になり、髪にかぶった花冠を脱ぎ、私たちの平安を見いだす。けれども、あの女性たち、あの少女たちは、かつて私たちが彼女たちのためにあれほどあこがれてさ迷い歩き、私たちにはじめての朝の恋の輝きを贈ってくれた、あの女性たちや少女たちはどうしたのだろう？　彼女らは、私たちが彼女らのもとから去ってしまうとき、何を感じるのだろう？　そして理想に満ちあふれた青春時代の終わりに、最後の男性の求愛に応じて結婚するとき、彼女らはどう感じるのだろう？　私たち男性は、私たちは無数の仕事をする。私たちは創造し、研究し、労働をする。私たちは官職や職業をもち、たくさんのささやかなよろこびを味わい、ささやかな悪習にふける。――けれど彼女たちは、ひたすら愛に生き、愛をあてにすることしかできない女性たちは、何をするのだろう？

彼女らに、最初の求愛者であった少年たちや、内気で向こう見ずの崇拝者たちが、与えると約束し、夢想し、嘘をついたもののうちのほんの少しだけでも、あの最後の求愛者が与えるということは、どんなにまれにしか起こらないことであろう！……私は、私たちすべてが、かつて少年だったころ、大胆で、生意気な少年だったころ、私たちの人生に当然の権利として期待していたものは何であったかを考えた。そしてそのうちでなんと絶望的にわずかなものしか実現されなかったことか。それでも人生はすばらしく、美しい。そして毎日その神聖な力で私たちの心を感動させてくれる。おそらくかわいそうな女性たちも、愛に関してそのような体験をしているのだろう。彼女たちはお伽の森や、月光に輝く庭の話を聞かされる。そして後になって彼女らは、あふれるバラのかわりにわずかばかりの雑草の生えた荒れた土地を見いだす。彼女らはその雑草を束ねて窓辺に置く。そして夜の闇がその色彩を消し、遠くから歌をうたう風が吹いてくるとき、彼女らはその花束を撫でて、微笑む。すると彼女らには、それがまるでバラのように見え、外の畑がお伽の国の庭のように思われるのだ。

断章15――「フィリスターラントにて」（一九〇四年）より

＊

ところで、自分が恋をしている相手についてあれこれ思案することほど甲斐のないことはない。

断章16――『ペーター・カーメンツィント』（一九〇四年）より

人生の倦怠《テディウム・ヴィテ》

…[1]私は凍った湖に取り囲まれているような孤独を感じている。私はこの人生の恥ずかしさと愚かさを感じている。私は失われた青春をめぐる苦しみが激しく燃え上がるのを感じている。それは悲しい。もちろんだ。とにかくそれはやはり苦痛だ。やはり恥だ。やはり責め苦だ。それがやはり人生だ。思考だ、意識だ…。

そして私は、やはり期待していない答えのかわりに、新たな問いを見つける。たとえば、こうだ。あれはどのくらいたっているのか？　おまえの若い時代が終わったのはいつだったのか？

私はじっと考えてみる。すると凍りついていた記憶がゆっくりと解けて流れはじめ、動き、ぼんやりした眼を開く。すると思いがけなく、失われずに死のしとねの下で眠っていたそのはっきりした映像が輝きを放つ。

はじめはそれらの映像は私には途方もなく古く、少なくとも十年はたっているように思われる。けれど麻痺してしまった時の感覚がみるみる生き生きとしてきて、忘れていた物差しを取り出してひろげ、うなずき、そして測定する。私は、すべてが時間的にずっと近いところにあることを知る。そして今、眠り込んでしまっていた自分が自分であるという意識も尊大な眼を開き、この上なく信じがたいことどもが実際に自分が経験したことだということを確認して、無遠慮にうなずくのだ。その眼はひとつずつ画像から画像へと見てゆき、「そうだ、それは私だった」と言う。そしてそのとたんに、どの画像もただちにその冷ややかで平穏な領域から抜け出して、また近づいてきて、私の人生の一部、私の人生のひとこまになる。

自分であると意識することはすばらしいもので、たしかに見て楽しいけれど、またやはり不気味なものだ。人は自分であるという意識をもっている。しかも、それをもたなくとも生きていける。そしてかなり頻繁に、その意識をもたずに生きている。自分であるという意識をもたずに生きることは、時間をまったく忘れさせてくれるのですばらしい。またそれは進歩を否定するのでよくない。

目覚めたさまざまな機能がはたらきはじめる。そしてそれらは、私が昔ある夕べに私の青春の最盛期にあったこと、そしてそれがわずか一年前のことであったことを確認する。それは取るに足りないひとつの体験だった。それはあまりにもささやかすぎて、その影響で私が今までこんなにも長いあいだ希望もなく生きてきたとは考えられないほどだ。けれどそれはひとつの体験だった。そして何週間ものあいだ、いや、おそらく何か月ものあいだ、ほとんどまったく体験らしい体験もしなかったので、それは私にとってひとつのすばらしい事件のように思われ、私には小さな楽園のようで、必要以上に重要なものであるかのような印象を私に与えるのだ。けれどもそれは私には好ましく、私はそのことに限りなく感謝している。私は幸せなひとときを過ごしている。書架の本の列、部屋、暖炉、雨、寝室、孤独、これらすべてが分解して流れ去り、溶けてなくなる。私はこのひとときのあいだ自由になった手足を伸ばす。

あれは一年前の十一月末のことだった。そして今と似たような天候だった。けれどそれは楽しいことで、ひとつの意味をもっていた。雨がしきりに、美しい旋律を奏でて降っていた。私は書き物机にすわってそれを聞いていたのではなく、外套を着て、音を立てない弾力性のあるゴム底の靴をはいて外を歩きまわり、町を観察していた。

私の足どりと身のこなしと呼吸は、雨のリズムとまったく同じように、機械的ではなく、美しく、自発的で、意味がこもっていた。日々も、死んで生まれてきたように単調に過ぎていくのではなく、強音部と弱音部をもつ拍子に合わせて進行し、夜はいつも滑稽なほど短かったけれど、睡眠が私を爽快にし、二つの昼のあいだの短い休憩時間となり、ただ時計によって時が数えられるにすぎなかった。そのように夜を過ごすこと、自分の一生の三分の一の時間をただ寝そべって、そのうちのどれもまったく価値のない分秒を数えながら過ごすかわりに、よい気分で使い果たすことはなんとすばらしいことであろう。

その都市はミュンヒェンだった。私はある仕事を片づけるために、そこへ旅をしたのだが、その仕事はあとで手紙で処理することになった。私は、仕事のことを考えられなかったほどたくさんの友人に会い、たくさんのすばらしいことを見たり聞いたりした。

ある晩、私は美しく、すばらしい照明のある広間にすわって、ラモン[2]という名前の、背の低い、肩幅の広いフランス人がベートーヴェンの曲をいくつか演奏するのを聴いた。照明は輝き、淑女たちの美しい服はよろこびにあふれてきらめき、天井の高い広間を大きな白い天使たちが飛びまわって、最後の審判を告知し、福音を告げ、豊饒《ほうじょう》の角《つの》[3]から私たちの頭上によろこびを撒き散らし、そして透き通った手で顔をおおってすすり泣くのだった。

ある朝には、一晩じゅう飲み明かしたあと、私は友人たちとイギリス庭園[4]を馬車で乗りまわし、アウマイスター[5]でコーヒーを飲んだ。ある午後には、私は絵画に完全に取り巻かれていた。肖像画や、森の草地の絵や、海岸の絵などである。それらのうちの多くはすばらしく崇高で、この上なくすばらしい雰囲気をもち、新しい、汚れのない創造物のようだった。夕方には、地方の人間にとっては途方もなく美しく、危険なものであるショーウインドウの輝きを眺め、陳列してある写真や本、そして異国の花でいっぱいのたくさんの水盤、銀紙に包まれた高価な葉巻や、楽しげな優雅さにあふれた上等の革製品などを眺めて歩いた。

私は電灯の光が湿った街道でたわむれるようにキラリと光るのや、古い教会の尖塔が垂れ込める雲のために薄暗がりに姿を消すのを見た。

このようにして時間は、ひと口ごとに味わい楽しんで飲むワイングラスが空になるように、すばやく、あっという間に過ぎていった。それは夕方のことであった。私はトランクを詰め終わっていた。そして翌日には旅立たねばならなかったのだけれど、それを残念には思わなかった。私はもう村々や、森や、すでに雪におおわれた山並みを通り過ぎて行く鉄道の旅と、そして故郷へ帰ることを楽しみにしていた。

その夕方、私はシュヴァービング通りの高級住宅街にある美しい新しい家に招かれていて、そこでは活発な会話とすばらしい食事で快適な気分を味わった。数人の女性もいたけれど、私は女性たちとのつきあいには内気で、気後れを感じるので、男性たちと話す方を選んだ。私たちは薄手のワイングラスで白ワインを飲み、上等の葉巻をふかし、その灰を内側が金張りの銀製の灰皿に落とした。私たちはあるいは声高にかつ穏やかに、あるいは情熱的にかつ皮肉を込めて、あるいはまじめにかつユーモラスに話し合い、そして、思慮深くかつ生き生きと互いの眼を見つめ合った。

夜が更けて夜会がそろそろ終わりかけるころ、男性たちの話が私にはほとんどわからない政治の問題に移ったとき、はじめて私は招かれている淑女たちを観察した。

彼女らのお相手をつとめていたのは二、三人の若い画家と彫刻家だった。彼らは貧しい連中ではあったけれど、全員そろってとても優雅な服装をしていたので、私は彼らに同情を感じるどころか、敬意と尊敬を感じないではいられないほどだった。ところが私は、彼らからも愛想よく相手になってもらったばかりか、地方から来た客として親切に元気づけてもらったので、私は気後れを振り払って、彼らともすっかり親しく話をすることができた。話しながらも私は若い淑女たちの方へ何度も好奇のまなざしを投げた。

彼女たちの中に私はそのとき、ひとりのかなり若い、多分十九歳くらいの淡い金髪の子供のような髪形をした、青い眼の細おもての、少女のような顔を見つけた。彼女は青いフリルのついた白っぽい色のワンピースを着て、会話に耳を傾けながら満足そうな表情で安楽椅子にすわっていた。彼女を見るか見ないかのうちに、すぐに私は彼女の星のように輝く本性を直感的に理解したので、私は彼女の優雅な姿と、実に無邪気な美しさを心に感じとり、彼女の身のこなしを包むメロディーを感じとった。静かなよろこびと感動が私の心臓の鼓動を軽やかにし、速めた。

そして私は彼女に話しかけたいと思ったけれど、適当な言葉が全然思い浮かばなかった。彼女自身はほとんどしゃべらず、微笑んでいるだけで、うなずいたり、軽やかな、快く浮かび上がるような声で歌うように短く返事をした。彼女の細い手首にレースのカフスがかぶさり、そこからしなやかな指をした手がかわいらしく、生き生きとのぞいていた。たわむれるように揺り動かしていた彼女の足は、茶色い革のエレガントな半長のブーツを履いており、その形と大きさは彼女の手の形と大きさもそうであるように、彼女の身体全体とぴったり均整がとれていた。

「ああ、おまえ！」私は心で呼びかけて、彼女を見つめた。「おまえ、子供よ、おまえ、小鳥よ、おまえ！　おまえをおまえの春に見ることができて、私は幸せだ」

彼女のほかにもまだ女性たちがいた。彼女よりも華やかで、成熟した華麗さの中に色っぽさをたたえ、知的で表情に富んだ眼をもつ女性たちだけれど、誰ひとり彼女のような香気をもたず、誰ひとり彼女のように穏やかな音楽に包まれてはいなかった。彼女らは談笑し、さまざまな色の眼の表情で競い合っていた。彼女らは私をも愛想よくからかいながら会話に引き込み、好意を示してくれたけれど、私は夢うつつの中にいるように答えただけで、心はずっと金髪の少女のところに寄せていた。彼女の姿を心にとらえ、花と咲く彼女の本然の姿を心から失わないように。

気がつかないうちに夜が更けて、突然客が全部立ち上がって落ち着きがなくなり、右往左往しながら別れを告げた。そこで私も急いで立ち上がり、同じようにした。外で私たちは外套やケープを着た。画家のうちのひとりがあの美しい少女に「お送りさせていただいてよろしいでしょうか」と言っているのが聞こえた。すると彼女が言った。「ええ、でもそれはあなたには大変なまわり道ですわ。私は馬車で行くこともできますから」

そこで私はすばやくそこに歩み寄って、言った。「私にお伴させてください。私は同じ道ですから」

彼女は微笑んで言った。「いいですわ。どうもありがとう」

すると画家はていねいにあいさつをして、私を不思議そうに見つめて立ち去った。そこで私はこの愛らしい人と並んで夜の坂道を下りて行った。ある街角に夜勤の馬車が止まっていて、ほの暗いランタンが私たちを見つめていた。彼女は言った。「私はあの馬車を雇った方がよいのではないでしょうか。三十分もかかるところですから」けれど私は彼女にそうしないでほしいと頼んだ。

すると彼女は突然たずねた。「いったいどうしてあなたは私の住んでいるところをご存じなんですの？」

「おお、そんなことはまったくどうでもよいことです。実は私はお住まいがどこかまったく存じません」

「あなたはでも、同じ道だとおっしゃったじゃありませんか」

「そうです。同じ道を参ります。いずれにしても私はもう三十分ほど散歩するつもりでした」

私たちは空を見上げた。空は澄みわたっていて、満天の星空だった。そして広い静かな街道をすがすがしい冷たい風が吹き渡った。

はじめのうち、私はとまどっていた。彼女とどんな話をしたらよいのかまったくわからなかったからだ。それでも彼女はのびのびと、こだわる様子もなく歩いて行き、清らかな夜の空気を気持ちよさそうに呼吸し、思いつくままにときおり声を上げたり、質問したりして、それに私は的確に返事をした。すると私もまた気持ちがかるくなって、満足した気分になった。そして私たちは同じ歩調で歩き、その歩調に合わせて落ち着いておしゃべりをした。私は今ではどんな話をしたのかひと言も思い出すことができない。

けれど彼女の声の響きがどんなふうであったかは今でもはっきり覚えている。それは清らかに澄んで、小鳥の声のように軽やかで、それでいて温かい響きをもっていた。そして彼女の笑い声は穏やかで落ち着いていた。彼女の歩調は私の歩調と同じテンポをとっていた。私はあれほど楽しく、漂うように歩いて行ったことははじめてだった。そして眠っている町が、豪華な邸宅や、門や、庭園や、記念碑が静かに、影のように私たちのかたわらを滑り過ぎていった。

粗末な衣裳を着て、もう足もとがおぼつかないひとりの老人に私たちは出会った。

彼は私たちに道をゆずろうとしたけれど、私たちはそれを受けず、道の両側に寄って彼に道をゆずった。すると老人はゆっくりと振り返って私たちを見送った。「ほら、見てごらん！」と私は言った。すると彼女は満足そうに笑った。

いくつかの高い塔から、時を告げる鐘の音が鳴り響き、さわやかな冬の風に乗って、朗々と、凱歌をあげるように町の上を響き渡り、遠くの空で混じり合ってひとつの轟音となってしだいに消えていった。

一台の馬車が、とある広場を横切って行った。蹄《ひづめ》の音ばかりが敷石の上でカツカツと響き、車輪の音は聞こえなかった。車輪はゴムのタイヤをつけていたのだ。彼女は私と並んで、美しい、若い姿が快活に、はつらつと歩いて行った。彼女の本性の音楽は私をも包み込み、私の心臓は彼女の心臓と同じ拍子で鼓動し、私の眼は彼女の眼が見たすべてを見たのだ。

彼女は私を知らなかった。そして私も彼女の名前を知らなかったけれど、私たちは二人とも何の不安もなく、それに若かった。私たちはさながら二つの星か二つの雲のような仲間同士で、同じ道を進み、同じ空気を呼吸し、言葉も交わさなくとも満ち足りて、快適な気分を感じているのだった。私の心はふたたび無傷の十九歳の心にもどっていた。

私たち二人は目標もなく、疲れも知らずに歩きつづけるつもりのように私には思われた。私たちは二人とも考えられないほど長いあいだ並んで歩いていて、決して終わりにならないかのように私には思われた。時計は時を告げたけれど、時間はまったく消えてしまっていた。

ところがそのとき彼女は突然立ち止まって、微笑み、私と握手をして、一軒の家の門の中に消えてしまった。

…私は、あの未知の少女とすばらしい夜の散歩をした翌日、旅立ち、私の故郷へ帰った。

私は車室にほとんどまったく一人ですわり、快適な急行列車の旅と、しばらくのあいだはっきりと輝いて見えていた遠いアルプスの眺めを楽しんだ。ケムプテンで私はビュフェに行ってソーセージを一本食べて、車掌から葉巻を一本買って、雑談をした。あとになってから天気は曇り、私はボーデン湖が海のように大きく、霧と、音もなく降る雪の中に灰色にひろがっているのを見た。

家の、私が今もすわっているこの同じ部屋で、私は暖炉にたっぷりと火を燃やして、熱心に仕事をはじめた。手紙や本の包みがたくさん届いていたので、私にはすることがたくさんあった。そして週に一度は私は小さな町に汽車で出かけて、少し買い物をし、ワインを一杯飲み、一勝負ビリヤードをやった。

そんなことをしているうちに私はしだいに、私がまだ少し前にミュンヒェンを歩きまわっているときにもっていたよろこびにあふれた快活さと充実した生きるよろこびがなくなりはじめ、どこか小さな、不快な裂け目から流れ去りはじめたので、私はだんだん思考力が減退して、夢見心地の状態に落ち込んでいった。

最初のうち私は、それはかるい病気の兆候であろうと思った。それで私は町へ行って、蒸し風呂に入ってみたけれど、何の効きめもなかった。まもなく私はこの病気が骨や血液の中に潜んでいるのではないことがわかった。というのは私は今まったく私の意志に反して、というよりも私の意志に関わりなく、一日のすべての時間にまるで私があの快適な町ミュンヒェンで何か大切なものをなくしてしまったかのように、一種かたくなな貪欲さでミュンヒェンのことを考えはじめたからだ。

そしてまったくゆっくりとその大切なものが私の意識の中にはっきりとした形をとりはじめた。それは十九歳の金髪の少女の愛らしい、ほっそりとした姿であった。私は彼女の面影と、彼女と並んで歩いたあのありがたくも楽しい夜の散歩が、私の心の中で静かな思い出として残ったというよりも、私自身の一部となってしまっていて、それが今、痛み出し、苦しみ出したことに気がついたのだ。

もう気づかぬうちに春になっていた。するとこの問題は充分に成熟して、今にも燃え出しそうになってきて、もうどんな方法でも抑えられなくなっていた。私は今こそ何としてもあのかわいい少女に会わねばならないこと、そうするまではほかのことは考えられないことがわかった。そうすることで問題が生じなければ、私は私の平穏な生活に別れを告げ、私の変わりばえのしない運命を社会生活の流れのまっただ中へ導き入れるのを恐れてはならなかった。それまで私の道を何にも関与しない傍観者として歩むことが私の意図であったとはいうものの、今では真剣な欲求がそれを変えようとしているように思われた。

そのために私はどうしても必要なことをすべて熟考した。そしてもしそこまで事が運ぶ場合には、私が若い娘に求婚することはまったく問題がなく、許されるのだという結論に達した。私は三十歳を出たばかりで、おとなしく、健康であり、ひとりの女性がひどくぜいたくに慣れていなければ、何の不安もなく私に一身を委ねることができるだけの財産をもっていた。

三月の末ごろ、私はこうしてふたたびミュンヒェンへ向かった。そして今回は長い鉄道の旅の途上でほんとうにたくさん考えることがあった。私はまずあの娘ともっとよく知り合いになることを計画した。そしてそのときには多分、私の欲望も激しさが減り、克服することもまったく不可能ではないと思われた。もしかすると、ただ再会するだけで、私のあこがれは満たされ、それからひとりでに私の心のバランスが取りもどせるかもしれないと私は思った。

それはもちろん経験のない人間の愚かな空想だった。ミュンヒェンに近づき、金髪の女性のところに近づいているという意識の中で、心中もうすっかりうれしくなって、どんなに楽しく、抜け目なく、この考えを旅のあいだじゅう次から次へと思いめぐらしていたかを、私は今ふたたびよく思い出すことができる。

私があのなじみぶかい敷石をふたたび踏むか踏まないうちに、私が何週間ものあいだ待ち望んでいた快適な気分が起こってきた。その気分は、あこがれとひそかな不安に束縛されてはいたけれど、やはりもうかなり長いあいだ感じたことがなかったほど心地よいものだった。なつかしい街道、さまざまな塔、電車の中で方言を話している人びと、豪壮な建物、静かな記念碑など、私の見たすべてのものがふたたび私をよろこばせ、そして不思議な輝きを放っていた。

私はどの車掌にもそれぞれ五十ペニヒのチップをやり、エレガントなショーウインドウの誘いに応じて優雅な雨傘を買い、一軒の葉巻の店では私の身分と財産には不相応なかなり上等の葉巻を気前よく買い、さわやかな三月の空気の中で、ほんとうに何でもやってみたいという気分になっていた。

二日後には私はもうひそかにあの少女のことを調べ上げていた。が、およそ予期していた以上のことはさほど知ることはできなかった。彼女は孤児で、よい家庭の出であったけれど、貧しかった。そしてある工芸学校に通っていた。レオポルト通りの私の知人の家で、あのとき私は彼女に会ったのだけれど、彼女はその知人の遠い親戚だった。

その家で私は彼女にまたふたたび会った。それは少人数の夜会で、前回のほとんどすべての顔触れがふたたび姿を見せた。幾人かは私のことを思い出して、親しく握手をしてくれた。私はひどく気後れがして興奮していたけれど、ついにほかの客といっしょに彼女が現れた。すると私の興奮も鎮まって、満足した気分になった。

そして彼女が私に気づいて私にうなずきかけ、私にすぐにあの冬の夜のことを思い出させてくれたとき、私の心に以前の信頼がもどり、あれ以来全然時がたたなかったかのように、そしてまるで私たち二人の周りをまだ同じ冬の夜風が吹きめぐっているかのように彼女と話をし、彼女の眼を見つめることができた。

けれど私たちはそんなにたくさん伝え合うことはなかった。彼女は私にあれ以後どういうぐあいだったか、そして私があれからずっと田舎で暮らしていたのかと、たずねただけであった。そのことが話されてしまうと、彼女はしばし口をつぐみ、それから微笑みながら私を見つめ、それから友人たちのところへ行った。一方、私は少し離れたところから思う存分彼女を観察することができた。

彼女は少し変わったような感じがしたけれど、どういうふうに、どんな点でかはわからなかった。そして彼女が友人のところへ行ってしまったあと、私は心の中で彼女の二つの姿が争っているのを感じ、比較することができて、はじめて彼女が今は髪の毛を前とは違った形に結い上げていたこと、そしてまた少し頬がふくよかになったことがわかった。

私は静かに彼女を観察しながら、こんな美しさが、こんな心に迫る若さが存在するということ、この人生の春を迎えた人に会うことができ、淡いブルーの眼をのぞき込むことが私に許されたことをよろこぶと同時に、不思議に思う気持ちを抱いた。

夕食のあいだと、食後にモーゼルワインを飲んでいるあいだ、私は紳士たちの会話に誘い込まれた。そして私がこの前ここへ来たときとは違ったことが話題になっていたけれど、それにもかかわらず私には、その会話が当時の会話の続きのような感じがした。そして私は、これらの快活でぜいたくな都会人たちが、ありとあらゆる美しいものを見る楽しみとニュースに恵まれているにもかかわらず、やはり、その中で彼らの精神と生活が営まれているある限定された世界しかもっていないこと、そして彼らの生活がひじょうに多様で変化に富んでいるのに、ここでもやはりその世界は厳しいものであり、比較的狭いものであることに気づいて、あるささやかな満足感を抱いた。

彼らの真ん中にいて、私はまことに快い気分にひたっていたけれど、私は自分がここに長いこと居なかったために、取り逃がしたものは結局何もなかったことを感じた。そしてこの紳士たちはみな、当時から今までずっと変わらずすわりつづけていて、当時と同じ話題でまだ話しつづけているという印象を完全に拭い去ることはできなかった。このように考えることは、もちろん不当なことであって、そんなふうに考えたのは、ただ私の注意力と関心が今回は頻繁に会話からそれてしまったことが原因だった。

私は早々に淑女たちと若い人たちが談笑している隣室へ行った。若い芸術家たちがあの令嬢の美しさにひどく惹きつけられていて、彼女となかば仲間として、なかば敬意を払ってつきあっているのを私は見逃さなかった。

ただツュンデルという名前の肖像画家だけは、冷ややかに年配の婦人たちのところにとどまって、令嬢のファンである私たちを穏やかな軽蔑の目つきで眺めていた。彼は、ある美しい、鳶色《とびいろ》の眼の婦人と気さくに話をしていたが、話すよりはむしろ聞き役にまわっていた。その婦人は、ひじょうに危険な女性で、たくさんの情事の経験があるとか、まだ進行中の情事に関わっているとかいう風評があることを私は聞いていた。

けれど私はこれらすべてのことを、ただことのついでに、ほとんど関心も払わずに聞いていた。私の心はあの令嬢にすっかり奪われていたのである。それでも私は令嬢たちの談笑の仲間入りはしなかった。

私は、彼女がある快い音楽に包まれて生き、動いているのを感じた。そして彼女の本性の優しい真摯な魅力が一輪の花の香りのように濃厚に、甘美に、強烈に私を包んだ。

それはしかし私を快い気分にはしたけれど、同時に彼女を見ることだけでは私のあこがれは鎮められず、満たされ得ないこと、私が今ふたたび彼女から離れると、私の苦悩はもっとひどく私を苦しめるだろうということは疑う余地のないことがわかった。愛くるしい彼女の姿は私自身の幸福と、私の人生の花咲き誇る春を具現しているように思われ、それを私はつかみ取って自分のものにしなければならない、そうしないとその春は二度とやって来ないような気がした。

それは、何人もの美しい女性がすでに短い期間ではあるが私の心に目覚めさせ、私を興奮させ、苦しめた、キスをしたいとか、愛の一夜を共にしたいとかいう性的な欲望ではなかった。むしろそれは、この愛らしい姿の中で幸福が私にめぐりあうことを望んでいて、彼女の魂は私の魂と同質のものであり、私に対して好意をもっており、私の幸せは彼女の幸せでもあるにちがいないというよろこばしい信頼であった。

それゆえ私は、彼女の近くにとどまって、折を見て彼女に質問しようと決心した。

とにかく、今となってはすべてを話してしまいたいと思う。それでは続けよう！…。

次に彼女のそばに行ったとき、私は前のときよりは少しましに、彼女の話し相手になることができた。私たちはかなり親しくおしゃべりをした。そして私は彼女の生活

について いろいろと知ることができた。また私は、彼女を家まで送って行くことを許された。そして私がふたたび彼女と静かな街道を通って同じ道を行けることは、私には夢を見ているように思われた。私がよくあの帰り道のことを考えて、その道をもう一度歩くことができることを願っていたと私は彼女に話した。彼女は楽しそうに笑って、私のことを少し詳しくたずねた。そして結局私は、自分の心を告白しはじめてしまったうえは、心を決めて彼女を見つめて、言った。「私はただひたすらあなたのためにミュンヒェンに来たのです。マリーアさん」

私はすぐにこれは図々しすぎたかもしれないと心配になった。そして狼狽《ろうばい》した。けれどそれに対して彼女は何も言わず、ただ落ち着いて、少し好奇心をもって私を見つめた。

それからしばらくして、彼女は言った。「木曜日に私の仲間のひとりがアトリエでパーティーをします。あなたもいらっしゃいますか？——それでしたら、八時にここに迎えに来てくださいね」

私たちは彼女の住まいの前に立っていた。そこで私は礼を言って、別れを告げた。

こうして私はマリーアに、あるパーティーに誘われたのであった。大きなよろこびが私を襲った。私はそのパーティーにそれほど多くのことを期待してはいなかったけれど、彼女にそこへ来るようにと誘われて、そのことで彼女に感謝する義務が生じたという思いは、私にとってすばらしく甘美なものであった。私はどのようにして彼女にそのお礼ができるかと思いめぐらした。そして木曜日には美しい花束を彼女のところへもって行こうと決心した。

私が待たねばならなかった三日間、私はもうそれまでもっていた快活で満ち足りた気分を取りもどすことはできなかった。彼女のためにここに旅してきたことを彼女に話してしまってから、私のこだわりのなさと心の平安は失われてしまったのだ。

それは、何と言っても愛を告白したも同然であった。そして私は今では、彼女がいつも私の状態を知っていて、私にどんな返事をすべきかと、いろいろ考えているであろうと考えずにはいられなかった。

私はこの日々をほとんど郊外でニュンフェンブルク[6]やシュライスハイム[7]の広大な庭園や、イーザル川のほとりの森の中を散歩して過ごした。

木曜日がやって来て、夕方になったとき、私は服を着て、花屋で赤いバラの大きな花束を買い、それをもって馬車でマリーアの住まいの玄関まで乗りつけた。彼女はすぐに下りてきた。私は彼女が馬車に乗るのを手伝い、彼女に花束を渡した。彼女は興奮して、とまどっていた。それは私自身がどぎまぎしていたにもかかわらず、はっきりそのことに気がついた。それで私は彼女をそっとしておいた。彼女がパーティーを楽しみにして、若い娘らしくとても興奮している様子を見るのは好ましかった。

町を通って、天蓋のない馬車に乗って行くうちに、それがたとえほんのひとときであるにせよ、こうしていっしょに馬車で行くことは、マリーアが私に対する一種の友情と私の告白に対する同意を表してくれたように思われて、しだいに大きなよろこびを覚えた。

この夕べ私が彼女を護って、彼女のお伴をして行くことは、私にとって特別に名誉ある任務であった。彼女にはきっとこのような任務をよろこんで引き受ける友だちがほかにもいるにちがいないと思ったからである。

馬車はある大きな殺風景な貸家の前に止まり、その建物の廊下と中庭を私たちは通り過ぎてゆかねばならなかった。それから中庭の廊下で光と人声が大波のようにどっと私たちに向かって押し寄せてきた。

私たちは、すでにコートや帽子でおおわれた一台の鉄製のベッドと数個の箱が置いてある控えの小部屋でコートを脱いだ。そしてそれから、明るい照明に照らされた人びとでいっぱいのアトリエに入って行った。

三人か四人の客は私にもちょっとした顔なじみであった。そのほかは主人も含めて私の知らない人たちばかりであった。

マリーアは主人に私を紹介して、つけ加えた。「私の友だちのひとりです。この人を連れて来てもよかったでしょうね？」

これには私も少し驚いた。彼女が私の来ることを当然連絡しておいたと思い込んでいたからである。けれどその画家は平然と私と握手をして、落ち着いて言った。「かまいませんとも」

アトリエの中では、みんなほんとうに快活に、自由にふるまっていた。それぞれ席を見つけたところにすわり、隣り合ってすわっても自己紹介などし合うこともなかった。そしてまた、それぞれが思いのままにそこここに置いてある冷たい食べ物をとって食べ、ワインやビールを飲んだ。そして客たちの一部が到着したばかりだったり、あるいは夕食を食べていたりしているのに、ほかの者たちはもう葉巻に火をつけていた。その煙はしかし、ひじょうに天井の高い部屋だったので、はじめのうちは簡単に消えてしまった。

私たちに注意する者は誰もいなかったので、私はまずマリーアに、それから自分のためにいくらかの食べ物を確保した。それを、私たち二人の知人ではなかったけれど、私たちに陽気に、元気づけるように会釈したひとりの朗らかな赤ひげの男といっしょに、一脚の小さな低い製図机に向かって、誰にも妨げられずに食べた。

あちこちで、遅れてやって来たために テーブルに着けなかった人たちのうちの誰かが、私たちの肩越しに手を伸ばして、一切れのハムを載せたパンを取った。そして食べ物がなくなってしまったとき、たくさんの客が、まだお腹がすいていると不満を言った。そこで二人の客がもう少し買い足すために出て行った。そのために、二人のうちの一人が彼の仲間たちに少額の献金を請求して受け取った。

招待主はこの陽気で少し騒々しい情景を悠然と傍観し、立ったままバター付きパンを食べ、そのパンとワイングラスを両手にもって、客たちのあいだを雑談しながら行ったり来たりしていた。

私もまたこの格式ばらないふるまいを不快には思わなかったけれど、マリーアがここで明らかに楽しく、くつろいだ気分になっている様子に、私は心中ひそかに残念に思わずにはいられなかった。

これらの若い芸術家たちが彼女の同僚で、一部の人びとはひじょうに尊敬に値する人びとであることを私はもちろん知っていたし、違ったことを望むいかなる権利も私にはなかった。それにもかかわらず彼女が、この何といっても粗野なパーティーを満足して受け入れているのを見ることは、私にとってはかすかな苦痛であり、ほとんどささやかな失望でさえあった。まもなく私は独りぼっちになった。彼女がそそくさと食事をしたあと立ち上がって、彼女の友だちにあいさつしたからである。最初の二人の友だちに彼女は私を紹介し、そして私を彼らの会話に引き込もうとしたけれど、それにはもちろん私はついてゆくことはできなかった。

それから彼女は、あるときはこちらの友人、あるときはあちらの知人のところに立って話をした。そして彼女は私がいなくとも別に困らないように見えたので、私は片隅に引っ込んで、壁にもたれて周りの愉快な連中を静かに眺めていた。

私はマリーアが一晩じゅう私のそばにとどまるだろうなどとは期待していなかった。それで、彼女を見つめ、彼女と多分一度くらい雑談し、それからまた家に送って行ければそれで満足だった。それにもかかわらず、しだいに不快な感情が私を襲った。そしてほかの人びとが陽気になればなるほど、私はほんのときおり誰かにちょっと話しかけられるだけで、ますます無用で無縁の存在になって、立ちつくすばかりであった。

私は、客たちのあいだにまた、あの肖像画家ツュンデルと、危険な女性であまり評判がよくないと聞いていたあの鳶色の眼をした美しい女性がいるのに気がついた。彼女は招待客のあいだではよく知られているらしく、たいていの人たちから一種の軽蔑的な親しさを込めて、しかしその美貌のために率直な讃嘆の情を込めて観察されていた。ツュンデルもまたハンサムで背が高く、がっしりとして、鋭く黒い眼をもち、甘やかされて、自分が人に与える印象に確信をもっている男の例にもれず、自信に満ちて誇り高く、悠然とした物腰の人物であった。私は注意深く彼を観察した。私は生来この種の男性に対して一種奇妙な、ユーモアとそしてまた少し羨望の混じった関心をもっていたからである。

彼は招待主に、不充分なもてなしを理由に文句をつけようとした。

「きみは椅子さえ充分に用意してないじゃないか」と彼はばかにした口ぶりで言った。けれど招待主は悠然としていた。彼は肩をすくめて言った。

「ぼくが一度身を落として肖像画でも描けば、ここもっと上品になるだろうよ」

するとツュンデルはグラスに文句をつけた。

「バケツからじゃあワインは飲めないぜ。ワインには上等のグラスがつきものだってことをきみは聞いたことがないのか？」

すると招待主はひるまずに答えた。

「多分きみはグラスのことは知っているかもしれないけど、ワインのことについては何もわかってないようだね。ぼくはいつでも上等のグラスより上等のワインの方が好きなんだよ」

あの美しい女性が微笑みながらこれを聞いていた。そして彼女は不思議に満ち足りて、この上なく幸せそうに見えた。それはこの冗談のせいであるはずはなかった。はたして私はまもなく、彼女がテーブルの下で彼女の手をツュンデルの上着の左袖の奥深く突っ込んでいて、一方、彼の足が彼女の足とかるく、だらしなくたわむれているのを見たのである。けれどツュンデルは優しい気持ちからというよりは、礼儀上そうしているようにも見えた。一方、彼女は不快なほどの熱心さで彼を敬慕の目つきで見つめていた。そして彼女を見ているのがやがて私には耐えがたいものとなった。

ところでツュンデルも彼女から離れて立ち上がった。すでにアトリエの中はもうもうたる煙が立ち込めていた。婦人や若い娘たちもタバコを吸っていた。哄笑と大声の談笑が入り乱れて響き、みんなあちこち歩きまわり、椅子や箱や石炭ホッパーや床の上に腰を下ろしたりしていた。客のひとりがピッコロを吹いた。そしてこの喧噪のまっただ中で、笑いさざめいているグループの中の、軽く一杯機嫌のひとりの若者が、まじめくさった詩を朗読した。

私はツュンデルを観察していた。彼は悠然と歩きまわり、完全に落ち着きはらって、ほとんどしらふのままであった。その合間に、ほかの二人の娘と長椅子にすわって、ワイングラスを手にしてそばに立っている若い紳士たちに相手になってもらっているマリーアの方を私は何度も見やった。

パーティーが長引けば長引くほど、騒々しさが増せば増すほど、私を襲った悲しみと胸苦しさは大きくなるばかりだった。私は、私のお伽ばなしの子供といっしょにある不潔な場所に落ち込んでしまったような気がした。そして私は、マリーアが私に合図して、ここから立ち去りたいと言うのを待ちはじめた。

画家のツュンデルがそのとき、脇の方に立って葉巻に火をつけた。彼は周りの人びとの顔を眺め、注意深く長椅子の方も見つめた。そのときマリーアは眼を上げた。私はそれを見逃さなかった。そして、マリーアは彼の眼をしばらくのぞき込んだ。彼は微笑んだ。彼女はしかし彼をじっと、真剣に見つめた。それから彼は片目を閉じて、何かたずねるように頭を持ち上げると、彼女がかすかにうなずくのを私は見た。

そのとき私の胸は重苦しく、真っ暗になった。私は何もわからなかった。それはひとつの冗談、ひとつの偶然、ほとんどその気もないのにしてしまった身振りであったかもしれなかった。けれど私はそう考えても慰めにはならなかった。私は見てしまったのだ。その夜会のあいだじゅう互いに一言も交わさず、ほとんど不自然なほど互いに遠くに離れていた二人のあいだに、暗黙の了解があったのだ。

あの瞬間に私の幸せと私の子供じみた希望は崩れ去った。そのかすかな痕跡も、輝きも残っていなかった。私が進んで耐え忍んだであろう純粋な心からの悲しみすら残らず、ただ恥ずかしい思いと幻滅が、不快な後味と嫌悪感が残っただけであった。もし私が明朗な花婿か恋人といっしょのマリーアを見たのなら、私はその相手をうらやましく思うだろうが、それでもなお、よろこんだであろう。ところが今、相手は女たらしの遊蕩児であり、彼の足はわずか半時間前に鳶色の眼の女の足とたわむれていたのだ。

それでもなお私は勇気を奮い起こした。それはいぜんとして錯覚であるかもしれなかったからだ。そして私は、私の不快な疑惑を否定する機会をマリーアに与えなくてはならなかった。

私は彼女のところへ行き、悲しい気持ちで春のような愛らしい顔をのぞき込んだ。そして私はたずねた。

「遅くなります、マリーアさん。お帰りのお伴をさせていただけないでしょうか？」

ああ、そのとき私ははじめて、不自然な、そらとぼけた彼女を見た。彼女の顔は、上品な、神々しい雰囲気を失い、彼女の声も包み隠したように、そらぞらしく響いた。

彼女は笑って、大きな声で言った。

「あら、ごめんなさい。そのことは全然考えていませんでした。私には迎えが参ります。もうお帰りですか？」

私は言った。「ええ、帰ります。さようなら、マリーアさん」

私は誰にも別れを告げなかった。そして誰にも引き止められなかった。ゆっくりと私はたくさんの階段を下りて、中庭を横切り、道路に面した建物の通路を通って行った。外に出て私は、どうしたらよいか思案した。そしてもう一度引き返して、中庭の空の馬車のうしろに隠れた。そこで私は長いこと、一時間近く待った。するとツュンデルがやって来て、葉巻の吸いさしを投げ捨て、コートのボタンをはめ、馬車の乗り入れ口を通って出て行ったが、まもなく引き返して来て、出口に立ち止まった。

五分か十分たった。そのあいだ私はずっと、歩み出て彼に怒鳴りつけたい、彼を「犬め」とののしりたい、そして喉もとにつかみかかりたいという欲求に駆られた。けれど私はそうしなかった。私は静かに私の隠れ場所にひそみ、そして待っていた。するとそう長くたたないうちに、私はふたたび階段を下りてくる足音を聞いた。そしてドアが開いた。そしてマリーアが出てきて、周りを見まわし、出口に歩み寄って、そっと画家の腕に自分の腕を差し込んだ。彼らは肩を並べて足早に立ち去った…。

それまでこの世界にあったものが、ある種の純潔な香気と優しい魅力が失われてしまった。そしてそれがもどってくることができるかどうか、私にはわからない。

（一九〇八年）

1　…＝編者による省略があることを示す。以下、この章の…の箇所は同じ。
2　ラモン＝フレデリック・ラモン Frédérick Lamond（一八六八―一九四八）。フランスのピアニスト。
3　豊饒の角＝花や果物を盛ったヤギの角。これは、牡ヤギ、アルマティアの角から富が無尽蔵に湧出するというギリシア神話に由来するもので、豊饒の角は神話や天使の壁画、天井画等によく描かれる。なお、ここの描写は、演奏会場の天井画を見、演奏を聴いた作者の空想であろう。
4　イギリス庭園＝ミュンヒェン市北東部にある広大な公園。
5　アウマイスター＝イギリス庭園の北端にある狩猟小屋。
6　ニュンフェンブルク＝ミュンヒェン市西部にあるバイエルン王の夏の王宮と庭園。
7　シュライスハイム＝ミュンヒェン市の北約十四キロにある広大な王宮と庭園。

愛の歌

おお　おまえ　私は言うことができない
おまえが私をどんなふうにしてしまったかを
私は　昼を逃れ
ひたすら夜を求めている

夜は　私に黄金色に輝く
かつてどんな昼も輝かなかったほどに
夜　私は優しい人の夢を見る
金色の髪をした女性の夢を

夜　私は至福のことを夢に見る
おまえのまなざしが約束してくれたことを
夜　私は歌が響いてくるのを聞く
遠い楽園から響いてくる歌を

夜　私は雲が疾駆するのを見る
そして長いあいだ夜空を見つめる――
おお　おまえ　私は言うことができない
おまえが私をどんなふうにしてしまったかを

（一九〇七年）

四月の夕べ

青空と桃の花
スミレと赤ワイン
おお　なんと咲き誇り　なんと燃えることか
おまえたちの火は私の心にしみ入る

遅く家に帰ってきて
私は長いこと窓辺に立ちつくす
さまざまな夢の訪れを感じ
私の心は不安になる

充溢と生命のためにおびえ
私の中の魂がふるえる
どこへこの魂を委ねたらよいのか？
いとしい人よ　私はそれをおまえに委ねる

未発表作品（一九二二年）

アバンチュールの期待

山脈の南側にある最初の村。ここではじめて私の愛する放浪生活がほんとうに始まる。あてどない漂泊、日なたでの休息、自由なヴァガボンドの生活が始まる。私はリュックを背負った旅暮らし、裾が房になるほど擦りきれたズボンで歩きまわるのが好きだ。

居酒屋で野外のテーブルにワインが運ばれてくるあいだ、私はふとフェルッチオ・ブゾーニ[1]のことを思い出す。「あなたはほんとに田舎の人みたいですね」と、この魅力的な人はちょっと皮肉っぽく私に言った。それは私たちが最後に――といってもそんなに以前のことではない――ツューリヒで会ったときのことだ。アンドレーエ[2]がマーラー[3]の交響曲を指揮したときのことだ。私たちはなじみのレストランでテーブルを共にしていた。私は、ブゾーニの幽霊のような蒼白な顔と、今でもまだ残っているうちで最もみごとなボヘミアンのいきなふるまいをふたたび見てうれしく思った。――だが、どうしてここでこんなことを思い出したのだろう――わかった！　私が考えているのは、ブゾーニのことではない。ツューリヒのことでも、マーラーのことでもない。それは何か不快なことに出会ったときによく起こる記憶のごまかしなのだ。そういうときには他愛もない心象が意識の前面に押し出されてくるものなのだ。今度こそわかった！　あのレストランにはもうひとり若い女性がすわっていた。言葉こそ交さなかったけれど、明るい金髪の、頰のとても赤い女性だった。天使のような人よ！　彼女を眺めているのは楽しみでもあり、苦しみでもあった。あの一時間のあいだずっと、どんなに私は彼女を愛したことだろう！　私はまた十八歳の若者にもどっていた。

突然、何もかもはっきりしてくる！　美しい、明るい金髪の陽気な女性よ！　おまえが何という名前か私は知らない。私は一時間のあいだおまえを愛した。そして私は今日、山村の日あたりのよい道端で、ふたたびひとときのあいだおまえを愛する。私以上におまえを愛した者は誰もいない。私ほど自分を支配する力を、無条件の力をおまえに認めた者は誰もいない。しかし私は不実者としてしか生きられないさだめを負っている。私は、女性を愛するのではなく、ひたすら恋を恋するふしだらな人間のひとりなのだ。

私たち旅人はみなそういうものだ。私たちの漂泊への衝動と放浪生活も大部分は恋愛であり、エロティシズムである。旅のロマンティシズムは半分はアバンチュールの期待以外の何ものでもない。が、あとの半分は官能的なものを変形させ、昇華したいという無意識の衝動である。私たち旅人は、恋の願望を、それがまさに満たされないものであるからこそ、抱くことに慣れている。そしてほんとうは女性に捧げるべき愛を、村や山に、湖や渓谷に、路傍の子供たちに、橋のたもとの乞食に、牧場の牛に、小鳥に、蝶に、惜しみなく分かち与えるのだ。私たちは愛を愛の対象から解き放つ。私たちにとっては愛そのもので充分なのだ。それは私たちが放浪の旅をするときに目的地を求めず、さすらうことの楽しみそのものを、旅の途上にあることの楽しみを求めるのと同じだ。

すがすがしい顔の若い女性よ、私はおまえの名を知ろうとは思わない。おまえへの愛情をまもり育てようとは思わない。おまえは私の愛の目標ではなく、愛の原動力なのだ。私はこの愛を、道の辺の花々に、ワイングラスの中の日光のきらめきに、教会の塔の赤い玉葱形の円屋根に分け与える。私がこの世に恋をするようになったのは、おまえのおかげなのだ。

ああ、愚かなことを話したものだ！　この明け方、私は山小屋であの金髪の女性の夢を見た。私は彼女にひどく恋こがれていた。もしも彼女が私のそばにいてくれたなら、私は、さすらいのすべてのよろこびとともに、残りの人生まで与えてしまったかもしれない。彼女のことを私は今日一日じゅう考えている。彼女のためにワインを飲み、パンを食べている。彼女のために村と塔を私の画帳にスケッチする。彼女のために私は神に感謝する――彼女が生きていることを、私が彼女に会うことができたことを。彼女のために私はひとつの歌をつくろう。この赤いワインに酔おう。

こうして、晴れやかな南国での私の最初の休息は、山々のかなたの明るい金髪の女性へのあこがれに捧げられることになった。彼女の清純な口もとはなんとすばらしかったことだろう！　この哀れな人生はなんと美しく、なんと愚かで、なんと魅惑に満ちていることだろう！

『徒歩旅行』（一九二〇年）所収「村」より

1　フェルッチオ・ブゾーニ＝イタリアの作曲家、ピアニスト（一八六六―一九二四）。名演奏家として活躍し、各地の音楽院の教授として音楽教育にもつくした。彼の新古典主義音楽理論は現代音楽に影響を与えた。

2　アンドレーエ＝フォルクマール・アンドレーエ。スイスの作曲家（一八七九―一九六二）。ツューリヒ音楽学院の院長、ツューリヒ大学教授をつとめる。ヘッセの友人。

3　マーラー＝オーストリアの作曲家、指揮者（一八六〇―一九一一）。各地の歌劇場や、ヴィーン・フィルの指揮者として活躍。作曲家としては後期ロマン派の交響曲を大成したと言われる。交響曲十曲、管弦楽曲『大地の歌』など。

ある女性に

私は　どんな　どんな愛にも値しません
ただ燃えつきるだけで　どうなるのかはわかりません
私は　雲からひらめく稲妻であり
颪であり　嵐であり　旋律です

それでも私は愛を　たくさん　よろこんで受け入れます
官能のよろこびを享受し　犠牲を受け取ります
遠くから近くから　涙が私についてきます
私は　旅人で　誠実ではないからです

私が誠実なのは　私の胸の中の星にだけです
その星は私を破滅へと導いてゆき
私のあらゆるよろこびを拷問に変えてしまいます
それでも私の本性はその星を愛し讃えるのです

私は　ネズミ捕り男[1]で誘惑者であるさだめです
たちまち燃えつき苦い快楽を撒き散らします
あなたがたに教えます　子供であれ　動物であれと
そして私の主であり　指導者であるのは　死なのです

（一九二〇年）

1　ネズミ捕り男＝ハーメルンの笛吹き男。市長の依頼で、魔法の笛を吹いてネズミを集め、ヴェーザー川に導いて退治したのに、約束の報酬が支払われなかったために腹を立てた男は、ふたたび笛を吹いて町じゅうの子供たちを集めて、山中に姿を消した。

昔、愛する男が……

昔、希望のない恋をしている男があった。彼はすっかり自分の心の中に引きこもって、恋のために焦がれ死にするかと思った。彼には世界がなくなってしまった。彼はもう青い空も緑の森も見なかった。彼には小川のせせらぎの音も、堅琴の音も聞こえず、何もかも沈み去ってしまい、彼は貧しく惨めになった。けれど彼の恋心はつのる一方だった。愛している美しい人をわがものにすることをあきらめるくらいなら、死んで破滅する方がましだと思った。そのとき彼は、彼の恋心が彼の心の中のほかのすべてのものを焼きつくしてしまったのに気がついた。

するると恋は強くなって、ますます引きつける力を増した。それで美しい人は従わざるをえなかった。彼女はやって来た。彼は、彼女を抱き寄せるために腕をひろげて立っていた。けれど彼女が彼の前に立ったとき、彼女はすっかり別のものに変わってしまっていた。つまり彼は、失ってしまった世界全体を自分に引き寄せたのを感じ、見てびっくりしたのであった。世界が彼の前に立ち、彼に身をまかせた。空と森と小川が、すべてが新しい色彩で、みずみずしく、生き生きと彼の方に向かってきて、彼のものとなり、彼の言葉を話した。そして彼はただひとりの女を得るかわりに、全世界を胸に抱いた。空のすべての星が彼の中で輝き、心の中に快感の火花をほとばしらせた。——彼は恋をした。そうすることで自分自身を見いだした。しかしたいていの人は恋をして、それによって自分を失ってしまうのだ。

『デーミアン』（一九一九年）より

私のよく見る夢——ポール・ヴェルレーヌのフランス語から

私はまた見知らぬ女性の夢を見る
すでに何度も夢の中で私の前に立った人だ
私たちは愛し合った　彼女はすばらしい両手で
私の額の乱れた髪を撫でてくれた

そして彼女は私の謎に満ちた本性を理解し
私の暗い心の中を読みとることができた
おまえは私にたずねる　彼女はブロンド？　私はわからない
けれど彼女の顔は童話の中の顔のようだ

そして何という名前？　私は知らない　けれどそれは
遠い過去が歌うように　甘美な響きをもつ

おまえが　遠く離れていなくなってしまったのを知っている人の
おまえが　いとしい人と呼んでいる人の名前のようだ
そして彼女の声の調べは　低くて深い
死んでいった私たちの恋人の声のように

（一九〇一年）

1921年，44歳のヘッセ。ルート・ヴェンガーと

エーデットへのクリングゾルの手紙

愛する夏空の星よ！

きみはなんとすばらしく真実を書いてくれたことだろう。きみの愛は永遠に続く苦悩のように、永遠に続く非難のように、なんと苦しみに満ちてぼくに呼びかけてくることか。けれどきみがぼくに、きみがきみ自身に、心のあらゆる感情を告白するとき、きみは正しいことをしているのだ。ただどんな感情をも平凡だと、どんな感情をも価値がないと言ってはいけない！　よいものなのだ。あらゆる感情は。憎悪も、羨望も、嫉妬も、残酷な気持ちでさえひじょうによいものなのだ。ぼくたちは、ぼくたちの、あわれな、美しい、すばらしい感情以外の何ものによっても生きていない。そしてぼくたちがすべての感情を不当に扱うのは、空の星を消しているようなものなのだ。

ぼくがジーナを愛しているかどうか、ぼくにはわからない。ぼくはそれをひじょうに疑わしく思っている。ぼくは彼女のためにいかなる犠牲も払わないだろう。ぼくはそもそも自分に愛する能力があるのかどうかさえわからない。ぼくは性的欲望をもつことはある。そしてほかの人びとの中に、自分を探し求め、自分の反響に耳を澄まし、自分を映す鏡を求めることはできる。ほかの人間の中に快楽を求めることもできる。そしてこれらすべてのことは愛のように見えるかもしれない。

ぼくたちは、きみとぼくは二人とも、同じ迷宮を、この邪悪な世界で発散しきることができないぼくたちの感情の庭をさ迷っている。そしてぼくたちはそれぞれ自分流に、この邪悪な世界に復讐している。ぼくたちはしかし、どちらも互いに相手の夢を損ないたくないと思っている。ぼくたちは夢というワインがどんなに赤く、甘美な味がするか知っているからだ。

自分の感情について、自分の行動の「意義」と効果について明確に知っているのは、人生を信じ、明日になり明後日になっても正当と認められないようなことは決してはじめない人たち、内面的に安定した、自分の行為に自信をもっている人たちだけなのだ。ぼくは不幸にして、その人たちの同類ではない。そしてぼくは明日を信じず、毎日を人生最後の日と考え、感じて、行動している。

愛するスマートな人よ！

ぼくは、自分の考えを表現しようとしているけれど、うまくいかない。思想はいつも表現すると同時に死んでしまうものなのだ！　まあ、表現せずに胸の中にしまっておこう！　ぼくはきみがぼくを理解してくれること、きみの中の何かがぼくのものと同質であることを深く感じ、ありがたく思っている。ぼくたちの感情が、愛、性欲、感謝、同情であるのか、それらが母性的感情であるのか、子供が母に対してもつような感情であるのか、それを人生の書にどのように記帳すべきなのか、ぼくにはわからない。

ぼくは、どんな女性も、老練な遊蕩児の眼で眺めることがあり、ときには年端のゆかない少年の眼で眺めることがある。ときにはこの上なく貞淑な女性が、またときには、この上なくみだらな女性が、ぼくにとっては最高に誘惑的な女性に感じられるのだ。ぼくが愛することを許される一切のものが美しく、一切のものが神聖で、一切のものがかぎりなくすばらしい。なぜ愛するのか、どのくらい長くか、どの程度にか、それを計ることはできない。

ぼくが愛しているのはきみひとりだけではない。それをきみは知っている。ぼくはまたジーナだけを愛しているのではない。ぼくは明日や明後日にほかの女性を愛し、ほかの女性像を描くだろう。けれどぼくが今までに抱いたどんな愛も、ぼくがその愛ゆえに犯したどんな賢明な行為や愚行をも、ぼくは後悔しないだろう。きみがぼくに似ているから、ぼくはきみを愛しているのかもしれない。ほかの女性たちは、ぼくと違っているから愛するのだ。

夜も更けた。月はサルーテ山の上にかかっている。生がなんと笑っていることか、死がなんと笑っていることか！

このくだらない手紙を火の中に投げ込みたまえ。そしてきみのクリングゾルも火の中に投げ込みたまえ。

きみの　クリングゾル

『クリングゾルの最後の夏』（一九二〇年）より

稲妻

稲妻が遠くで熱に浮かされている
ジャスミンの花は不思議な輝きで
光の弱い星のように青白く
おまえの髪の毛の中で光っている

おまえの不思議な力に
おまえの重苦しい　暗い力に
私たちはくちづけとバラを捧げる
息づまるような　蒸し暑い夜よ

幸せも輝きもないくちづけを
したとたんに私たちは後悔する
爛熟した花びらを
悲しく舞いながら散らすバラよ

露も置かずに過ぎ去る夜よ！
幸せも涙もない愛よ！
私たちの頭上に雷雨がある
私たちが恐れ　あこがれていた雷雨が

（一九〇一年）

＊

ぼくはよくこう思う。ぼくたちの芸術は全部代償にすぎない、やりそこなった人生の、発散できなかった獣性の、うまくいかなかった恋愛の、骨の折れる、そして実際の値段の十倍も高い代価を払った代償だとね。ところがやはりそうじゃないんだ。まったく違うんだ。ぼくらが精神的なものを、感覚的なものが不足しているそのやむを得ない代償と見るなら、それは感覚的なものを過大評価しているのだ。感覚的なものは、精神的なものより髪の毛一本ほども価値が高いわけではない。その逆も同様なんだ。すべてはひとつで、どちらも同じようにいいのさ。きみが女を抱こうと、詩をひとつつくろうと、同じなんだよ。ただそこに肝心なものがあれば、つまり愛と、燃焼と、感動があればいいのさ。そうすれば、きみがアトス山の修道僧であろうと、パリのプレイボーイであろうと同じことなんだ。

断章17──『クリングゾルの最後の夏』（一九二〇年）より

＊

ものを考えたり創作したりする場合に私の長所となっているものが、私の実生活で、とくに女性たちとつきあうときにしばしば私を苦しめます。つまりそれは、私が私の愛をひとつの対象に固定できないこと、私はひとつのものや、ひとりの女性だけを愛することができず、生と愛そのものを愛さずにはいられないことです。

断章18――『書簡全集』第二巻（一九七九年）より

＊

すべての芸術の始まりは愛である。それぞれの芸術の価値と範囲は、何よりもまず芸術家の愛する能力によって決定される。

断章19――一九一四年の評論より

再会

きみは　すっかり忘れてしまったのか
昔　きみの腕がぼくの腕に組まれたことを
そして　はかり知れないよろこびが
きみの手から　ぼくの手に
きみの口から　ぼくの口に伝わったことを
そして　きみの金色の髪の毛が
昔　はかない春のあいだ
私の愛の至福のマントであったことを
そして今　こんなに灰色に不機嫌になってしまったが
もうどんな愛の嵐にも　どんな愚行にも動かされなかったあの世界が
あのころは香り立ち　鳴り響いていたことを?

どんなにぼくたちが苦痛を与え合っても
時はそれを吹き消し　心は忘れる

けれどあの至福の時は安らっている
終わりのないひとつの輝きの中で

（一九一六年頃）

恋する男

今　おまえの友は　穏やかな夜めざめて横たわっている
まだおまえの名残で温かく　まだおまえの香りがあふれている
おまえのまなざしと髪の毛とくちづけにあふれている――おお　真夜中よ
おお　月と星と青い夜霧よ！
おまえの中へ　愛する人よ　私の夢は下りて行く
海の中へ　山の中へ　峡谷の中へ入るように奥深く
砕ける波を飛散させ　泡となって消えて行く
太陽となり　根となり　動物となる
ただおまえのそばにいるために
おまえの近くにいるために
土星と月はかなたを運行する　私はそれらを見ずに
ただ青ざめた花のようなおまえの顔だけを見る
そして静かに笑い　陶酔して泣く
もはや幸せも苦しみもなく

おまえだけが　私とおまえだけが
深い宇宙の中へ　深い海の中へ沈んで行き
その中へ入って私たちは破滅する
そこで私たちは死んで生まれ変わるのだ

（一九二一年）

ピクトールの変身[1]——童話

ピクトールは、楽園に足を踏み入れたとたんに一本の木の前に立っていました。その木は、男の木であると同時に女の木でもありました。ピクトールはその木にうやうやしくあいさつをして、たずねました。

「きみは、生命の木なの？」

けれど、木のかわりにヘビが返事をしようとしたので、ピクトールは向きを変えて先へ歩いて行きました。彼は夢中であたりを見まわしました。何もかも彼の気に入ったのです。彼はふるさとに来て、生命の泉のそばにいることをはっきり感じました。

それからまた彼は一本の木を見ました。その木は太陽でもあり、月でもありました。ピクトールは言いました。「きみが生命の木なの？」

太陽の木はうなずいて、笑いました。月の木もうなずいて、微笑みました。いろいろな色と輝きをもち、さまざまな種類の目と顔をもった、この上なく美しい花たちがピクトールを見つめました。いくつかの花はうなずいて、笑いました。いくつかの花はうなずいて、微笑みました。そのほかの花たちはうなずきもせず、微笑みもしませんでした。その花たちはうっとりとして黙っていました。自分のことに没頭して、自分たちの香りにおぼれてしまったかのようでした。ある花がリラの歌をうたいました。ある花は紺色のゆりかごの歌をうたいました。花たちのうちのひとつは大きな青い眼をもっていました。またある花はピクトールに彼の初恋を思い出させました。ある花は子供のころの庭の匂いがして、その甘い匂いがお母さんの声のように響きました。もうひとつの花は彼に笑いかけ、曲がった赤い舌を長々と彼に向かって伸ばしました。彼はそれをなめてみると、強い、天然の、樹液と蜂蜜の味がしました。また女の人のキスの味もしました。

これらすべての花に取り囲まれて、ピクトールはあこがれと、不安なよろこびでいっぱいになって立っていました。彼の心臓は、まるで釣鐘のように重く、激しく鼓動しました。彼の欲望は、未知のものの中へ、何となく予感される心奪われるような世界の中へ入りたいというあこがれに燃えました。

ピクトールは一羽の鳥がとまっているのを見ました。その鳥が草の中にとまって、さまざまな色に輝いているのを見たのです。その美しい鳥はありとあらゆる色をもっているようでした。彼は色あざやかな美しい鳥にたずねました。「おお、鳥さん、幸せはいったいどこにあるの？」

「おお、友よ、どこにでもあるんだよ。山や谷の中にも、花や水晶の中にもね」

そう言って、その愉快な鳥は羽をゆすり、首を前後に動かし、尾を上下に振り、目をぱちくりさせて、もう一度笑いました。それから身じろぎもせずにじっと草の中にとまりつづけました。するとごらんなさい。その鳥は今度はいろいろな色の花になってしまったのです。羽が花びらに、爪が根っこになったのです。さまざまな色に輝いて踊っているあいだに、鳥は植物になったのです。ピクトールはびっくりしてそれを眺めました。

ところがそのすぐあと、この鳥の花は、花びらと雄しべを動かしました。そして花であることにもう飽きてしまいました。根っこもうなくなり、かるく身体を動かして、ゆっくりと浮かび上がると、一頭のきらびやかな蝶になってしまいました。その蝶は重さもなくひらひらと舞い上がり、光があたらなくとも全体が光り輝く姿のようでした。ピクトールは目をみはりました。

けれどこの新しい蝶、この楽しげな、色あざやかな鳥・花・蝶は、この明るい色の姿は、驚いているピクトールの周りをぐるぐる飛びまわりました。そして日の光をあびてキラキラ輝きながら、ひとひらの雪のようにふわりと地面に舞い下り、ピクトールの足もとのすぐ前にとまって、優しく呼吸し、光り輝く羽を少しふるわせました。するとたちまちひとつの色あざやかな水晶に変わってしまい、そのすべての角《かど》から赤い光を放射しました。

この赤い宝石は緑の芝草や雑草の中から、祝日の鐘のようによろこばしく、すばらしく輝きました。けれど宝石のふるさとである大地の奥がそれを呼んでいるようでした。宝石はみるみる小さくなって、今にも地中に沈んでしまいそうになりました。

するとピクトールはひじょうに強い欲求に駆り立てられて、消えていこうとしている宝石の方に手を伸ばし、それを手に取りました。彼はその魔的な光をうっとりと見つめました。その光は彼の心の中へ射し込んで、完全な幸福がどういうものかをおぼろげに感じさせてくれたようでした。

突然、枯れた木の枝にヘビが巻きついて、ピクトールの耳にささやきました。

「その石はおまえを望みのものに変えてくれる。遅くならないうちに、早くその石におまえの願いを言いなさい！」

ピクトールはびっくりしました。そして幸福を取り逃がしてはいけないと思いました。すばやく彼は願いの言葉を言って、一本の木に変身しました。木になることを彼はもう何度も願っていたのでした。木はとても落ち着きと力と品位に満ちているように思われたからです。

ピクトールは木になりました。彼は大地にしっかりと根をはりました。彼は空に向かって高く伸び、体から枝や葉っぱを出しました。彼はそれにたいそう満足しました。

彼は喉の渇いたひげ根で深く冷たい地中から養分を吸い込み、葉っぱを高い青空にそよがせました。いろいろな甲虫が彼の樹皮の中にすみ、根もとにはウサギやハリネズミがすみ、枝には小鳥たちがすみました。

木になったピクトールは幸せでした。それで過ぎて行く年を数えませんでした。大変長い年月がたってから、彼は自分の幸せが完全なものではないことに気がつきました。だんだんと彼は木の目で見ることを学びました。とうとう彼は見えるようになりました。そして悲しくなりました。

つまり彼は、楽園の彼の周りでは、たいていのものがひじょうにしばしば姿を変えていること、それどころか、すべてのものが永久に変化を続ける魔法の流れの中を流れていることを知ったのです。

彼は花が宝石になるのや、きらめくハチドリになって飛んで行くのを見ました。彼は、自分の隣の木が何本も突然消えてしまうのを見ました。一本は溶けて泉になってしまいました。もう一本はワニになりました。もう一本は魚になって、楽しそうに、ひんやりと、気持ちよさそうに、ぴちぴちと泳いで行きました。みんな新しい姿になって、新しい遊びを始めたのです。ゾウは岩と着物をとりかえ、キリンは花と姿をとりかえました。

けれど木になったピクトール自身は、いつも同じ姿のままでした。彼はもう変身することができませんでした。このことを知ってから、彼の幸せは消え失せてしまいました。彼は年をとりはじめ、多くの年とった木に見られる、あの疲れた、深刻な、浮かない様子をますます増してゆくばかりでした。こういうことは、馬でも鳥でも人間でも、どんなものでも、いつでも見られることなのです。つまり、どんなものでも変身の能力をもたなければ、時とともに哀れな状態になり、枯れて死んでしまい、その美しさが失われてしまうのです。

さて、ある日のこと、金色の髪をもち、青い服を着たひとりの若い乙女が楽園のこのあたりに迷い込みました。歌い踊りながら、この金髪の少女は木立の下を走って行きました。そして彼女は、それまで一度も変身の能力をもちたいなどと望んだことはありませんでした。

何匹かの賢い猿がにこにこして彼女を見送りました。いくつかの茂みは彼女をつるで優しく撫でました。数本の木は、一輪の花や、ひとつのクルミや、ひとつのリンゴを彼女の方へ投げました。けれど彼女はそれらに注意を向けませんでした。

木になったピクトールが少女を見たとき、彼は、それまでまだ一度も感じたことがなかったほどの、大きな幸福へのあこがれと、欲望にとらえられました。同時に、彼は深いもの思いに沈みました。自分の血が自分に向かって、「よく考えよ！　今こそおまえの全生涯を思い出し、その意義を見いだすのだ。そうしないと手遅れになる。

そしてもう二度と幸せはおまえのところに来ることはないのだ」と呼びかけているような気がしたからです。それで彼はそれに従いました。彼は、自分の生まれや、人間であった歳月や、楽園への旅などをみんな思い出しました。そしてとくに彼が木になってしまう前のあの瞬間を、魔法の石を手にしたあの不思議な瞬間を思い出しました。どんな変身でも思いのままであったあのころ、彼の身体の生命力はかつてなかったほどに燃えたのでした！　あのとき笑った鳥を、太陽と月の木を彼は思い出しました。あのとき何かを取り逃がしたこと、何かを忘れたこと、そしてヘビの勧めはよいものではなかった、という気がしました。

少女は、木になったピクトールの葉の茂みのざわめきを聞きました。彼女は木を見上げました。すると胸に突然痛みを感じて、新しい考え、新しい欲望、新しい夢が心の中でうずくのを感じました。未知の力に引かれて、彼女は木の下に腰を下ろしました。彼女にはその木が孤独だと思われました。孤独で、悲しそうなのに、無言で悲しんでいる姿が美しく、感動的で、高貴だと思われたのです。かすかにざわめく木のこずえの歌は、彼女の耳に魅惑的に響きました。彼女はざらざらした木の幹にもたれました。すると木が深く身ぶるいするのを感じ、それと同じ身ぶるいを自分の心にも感じました。彼女は妙に心が痛みました。彼女の心の空の上を雲が走って行きました。彼女の眼から重い涙がゆっくりと流れ落ちました。

いったいこれはどうしたことかしら？　どうしてこんなに悩まなければならないの？　なぜ心は、心臓を突き破ってあの人のところへ、あの人、この美しい孤独な木の中に溶け込んで、あの人と一体になりたいと望むのかしら？

木はかすかに根の先までふるえました。木は、この少女に向かって、この少女といっしょになりたいという燃えるような願いひとつに身体じゅうの生命力を集中しようと懸命に努力しました。

ああ、ヘビにそそのかされて、永遠に孤独に、一本の木に自分を呪縛してしまったとは！　おお、なんと盲目的で、おお、なんと愚かだったことだろう！　自分はこんなに何も知らず、生命の秘密にうとかったのか？　そうではない、たしかにあのときその秘密をおぼろげに感じ、予感していたんだ——ああ。こうして彼は悲しみに沈み、深く理解して、あの男性と女性でできていた木のことを思い出したのです！

一羽の鳥が飛んできました。赤と緑の鳥、美しく、大胆な鳥が飛んできて、弧を描いてやって来たのです。少女はその鳥が飛んでくるのを、そのクチバシから何かを落とすのを見ました。それは血のように赤く、炎のように赤く輝きました。それは緑の草の中に落ちました。そして緑の草の中で少女と深いなじみであるかのように輝きました。その赤い輝きはとてもはっきりと注意をうながすように輝いたので、少女は身をかがめてその赤い石を拾い上げました。それはひとつの結晶体、柘榴石《ざくろいし》でした。そしてその石のあるところはどこでも、暗くなることなんかありませんでした。
少女がその魔法の石を白い手に取ったとたんに、たちまち彼女の心をいっぱいにしていた願いがかなえられました。美しい少女は気を失って、くずおれるように倒れ、木と一体になり、その木の幹から一本の強く若い大枝となって生え出て、すばやく彼のところへ伸び上がって行きました。

こうして万事よくなりました。世界はおさまるところにおさまりました。これでようやく楽園が見つかったのです。ピクトールはもう年とった、憂いに沈んだ老木ではありませんでした。いまこそ彼は声高らかに、「ピクトーリア、ヴィクトーリア」[2]と歌いました。

彼は変身しました。そして彼は今度こそ正しい永遠の変身の能力を獲得したので、彼は、半身から全身になったので、このとき以来ずっと望みのままに、何にでも変身することができるようになりました。生成の魔法の流れが彼の血の中をたえまなく流れ、永遠に彼は、時々刻々に行なわれる創造に参加することになりました。

彼はノロジカになりました。彼は魚になりました。彼は人間になり、ヘビになり、雲になり、鳥になりました。どんな姿になっても、彼は完全であり、一対であり、自分の中に月と太陽をもち、男と女をもっていました。双子の川となって国々を流れ、二重星となって空に輝きました。

（一九二二年執筆）

1 ピクトールの変身＝この作品はヘッセ自身の美しい挿画で飾られている。またこの原文は、シュラークライム（連鎖韻、一行の中で連続する二語が互いに韻を踏む。次注参照）が多用されて、ひじょうにリズミカルである。この本をハンス・カロッサに贈呈したヘッセは、「この童話は楽しみながら書いた、私の人生のはなやかだった盛りのころの思い出の作品です。……朗読するにも適しています」と書いている。

2 「ピクトーリア、ヴィクトーリア」＝ピクトール（Piktor「画家」の意味がある）の名前を、ヴィクトーリア（Viktoria 勝利）と韻を踏んで（連鎖韻）、ピクトーリア（Piktoria）とした。

愛の歌

ぼくはシカで　きみはノロジカ
きみは小鳥で　ぼくは樹木
きみは太陽で　ぼくは雪
きみは昼間で　ぼくは夢

夜　ぼくの眠っている口から
金色の小鳥がきみのところへ飛んで行く
その声は明るく　その羽は多彩
その小鳥はきみに愛の歌をうたう
その小鳥はきみにぼくの歌をうたう

（一九二〇年）

逸脱者の日記から

学校時代のはじめての恋愛体験以来、私は、あきらめの女性崇拝者であり、拙劣な、勇気のない、臆病な、成功したためしのない女性求愛者だった。私の愛した女性はみな、私にはあまりにもったいなさすぎて、手が届かないように思われた。私は若者のころ、ダンスもせず、恋のたわむれもせず、親密な恋愛関係など一度ももったことがなかった。そして長い結婚生活を通してずっと深い欲求不満を感じて、女性たちを愛し、渇望したけれど、やはり避けてもいた。そしてもう年をとりはじめた今になって、呼んだわけでもないのに、突然、私の人生行路のいたるところで女性たちと出会うようになり、昔の私の引っ込み思案は消え失せてしまった。女性たちの手が私の手を求め、たくさんの唇が私の唇を求め、私が住んでいるところにはどこにでも、いたるところに靴下どめや、ヘアピンが部屋の隅にころがっているのである。そしてこの少し相手の多すぎるあわただしい性愛生活のまっただ中で、たくさんの短い恋文を読んでいるさなかに、髪の毛と肌とおしろいと香水の匂いの中で、私は、私の心の中の何かが、この生活が何を望んでいるのか、そしてその結果がどうなるのかをはっきりと知っているのだ。つまり、私から奪い去られる運命になっているこのさかずきも飲み干され、吐き気がするほどまでにくりかえし満たされることになっている、そしてこの上なく秘めやかな、この上なく恥ずべき情欲も飽きるまで充足させられ、死滅してしまうのであり、この長いあいだ望み求めてきた楽園からも、この楽園は人が疲れ果て、記憶をなくして逃げ出す居酒屋にすぎなかったということを認識して、私はまもなく立ち去らねばならないのだ、ということがわかっているのだ。そうなのだ。私はこの生ぬるいワインをグラスから飲んでいるのだ。そしてこの長いあいだ心に抱いてきた願望の目標も破棄するのだ。

私の人生では、一時期のあいだ私の夢をあおりつづけたすべてのものがこういうぐあいになったのである。つまり、願望がすでに少し萎《な》えて疲れはじめたころのある日、その願望は突然満たされて、それまで手の届かなかった、そして熱烈に求めつづけた果実が、私の膝の上に落ちたのだ。するとその果実も、ほかのすべてのリンゴと同じようなリンゴにすぎなかった。人はそれを欲しいと望み、それを手に入れてそれを食べる。するとその魅力と魔力は消え失せてしまうのである。

それが私のさだめなのだ。同じように私はかつて自由にあこがれ、その後に、それを飲み込んだ。同様に私は孤独を希求した。そしてそれから、それを飲み干した。そして名声と肉体的な快楽を、ただ飽きるために、そしてほかの新しい、変わった渇きで目覚めるために、飲み干した。若いころ私は、結婚し家族をもつことをどんなに渇望したことだろう。それは自分でそれを手に入れようなどと望む勇気さえないほどであった。――そして私は妻と子供たちを、私が思いを込めて気遣いながら愛した子供たちを得た。――そしてそれらすべては崩壊し四散してしまった！ そして私は貪欲な若者の夢想の中で、どんなに名声を望み、夢見たことだろう！ そして名声は訪れた。それは突然そこにあった。そしてすぐに飽き飽きしてしまった。とてもばからしくて、ひどくわずらわしいものだった！

昔私は、職業の義務がなく、飢えもせずに、田舎に自分の小さな家をもつ生活を、不安のない質素な生活をどんなに望んだことだろう！――そしてそれもやって来た。私はお金を手に入れた。私は自分のすてきな家を建て、いろいろな植物を植えて美しい庭をつくった。――そしてこのすべてが、ある日また価値を失って、飛び散ってしまった。ああ、私は若いころ、ローマ、シチリア、スペイン、日本など遠い国への大旅行をどんなにあこがれ、望んだことだろう！ そしてそれもかなえられた。それも私のものとなった。私は旅をした。車で、船で、さまざまな遠い国へ行き、世界をめぐって帰ってきた。この果実も食べてしまったのだ。そしてそれはもう何の魅力もなかった！

同じことを私は今、女性たちで体験している。彼女たち、遠くにいた者たち、長いあいだ望み求めてきたもの、到達できなかったものが、今やって来た。

私のどこがよくて、女性たちが私に惹かれるのか、神様だけがご存じである。そして私は、彼女たちの髪の毛と、彼女たちの不安におびえる温かい乳房を愛撫する。そして不思議に思う。昔はあんなにも遠くにあって、楽園のように私を誘った果実を、早くも今、私がためらいながら手にとってもう味わいはじめていることを！ それは、その果実は、それは甘く、そしてふくよかな風味をもっている。私はそれに文句をつけるべきではない。けれどそれは私を満腹にさせる。それはすぐに私を飽きさせる。私はそれをもう感じとっている。そしてそれはまもなく投げ捨てられてしまうのだ。

かつては男の友人たちを、今は女友だちを私のところに引き寄せたものが何であったのかについて、私はよく不思議に思った。私は誠実ではないからだ。――けれど結局、私はやはり知っていたし、今も知っている。それが何であるのか、彼らを私のところに引き寄せたものが何であるのかを、人びとに対する一種の魅力を、たえず私に与えたものが何であるかを。彼らはみな、男の友だちや女性たちは、私の中に、人生を異常な、激烈なものにする何ものかを嗅ぎつけているのだ。彼らは私の中の変わりやすいけれど、したたかなものである衝動や感情をおぼろげに感じとるのだ。私の中の目標はつねに変わるけれど、彼らはその背後に狂暴に熱烈に燃え上がる渇望を感じとるのだ。しかしこれらの衝動や渇望は、私を現実のあらゆる領域に導いてゆき、その領域から必要なものをあますところなく汲みつくし、その領域を非現実的なものとしてしまい、そういうふうに世界じゅうをめぐりつつ、そしてさらに未知の領域に、究明されていない領域に、燃え上がりながら逃げ込んでしまうのである。

今夜遅く、春の夜の中を、私は山を登って家へ帰ってきた。雨が桑の木立の中で静かに歌っていた。外套の中で、茶色の髪の背の低い女は、私たちが別れを告げるまで私にしがみついていた。彼女のチェレーズィアの別荘のそばで、彼女が私から最後の飽くことを知らないキスを吸いとっていたとき、私はかなたの雨雲の中から青空と星々が現れるのを見た。それらの星のひとつは、私に幸せをもたらす星、木星であった。もうひとつの星、あの神秘に満ちた星、私を支配し、私の支離滅裂な生活を粗野で混沌とした状態から神秘の領域へと導く、天王星は見えなかった。

けれどその星はいつもそこにあって、いつもその静かで霊的なまなざしが私を引き寄せ、私を吸い寄せるのだ。

『ヘッセの〝荒野の狼〟の資料』（一九二二年執筆）より

極楽の夢

青い花がそこかしこに香り
青ざめたまなざしで蓮の花は私を魅了し
どの花びらにもひとつずつ呪文がひそんでいる
どの枝からも蛇がうかがい見ている
花の萼から若く引き締まった身体が伸び
虎のような眼で花咲く沼地の緑の草の中から
白い女たちが眼を細めてうかがい見ている
彼女らの髪の毛から赤い花が輝き燃えている
湿っぽく性交と誘惑の匂いがする
まだ体験していない罪の暗い肉欲の匂いがする
もの憂げな溝の中から抗《あらが》いがたく
並ぶ果実が触れて愛撫してほしいと誘惑する
生温かいため息は性と歓喜を呼吸し
快楽の欲望を求めて膨れあがる

女たちの乳房や腹をまさぐる愛の指の戯れのように
蛇たちは狡猾なまなざしで戯れる
私の愛を求めて引き寄せるのは　この女でもあの女でもない
数えきれない女たちみんなが　咲き誇り　誘うのだ
私はすべての女が私をよろこばせようと近づいてくるのを感じる
肉体の森　魂の世界
そして徐々にあこがれの至福の悲しみが膨れあがり
緊張がとけて私を無数の方向へひろげる
私は溶けて　女になり　木になり　湖になり
泉になり　蓮になり　ひろがる大空になる
私がひとつのものと思っていた私の魂が
千々に分裂して　幾千もの翼をはためかせて飛び去る
私は解体して多彩な宇宙となり
世界とひとつになる

（一九二六年）

1927年，50歳のヘッセ。この年，再婚相手のルートと離婚

ヘルマン・ヘッセ年譜――③

一九二八年（五十一歳）　三月、ニノンとドイツ旅行。四月、詩集『危機』刊行。夏、随筆集『観察』刊行。

一九二九年（五十二歳）　一月、詩集『夜の慰め』刊行。夏、読書案内『世界文学図書館』刊行。

一九三〇年（五十三歳）　七月、『ナルツィスとゴルトムント』（『知と愛』）刊行。十一月、プロイセン芸術アカデミーを脱退。

一九三一年（五十四歳）　夏、小説集『内面への道』刊行。七月～八月、「カーサ・カムッツィ」から、友人の建ててくれた「ヘッセ館」に転居。庭仕事に励み、終生この家に住むことになる。十一月、ニノン・アウスレンダーと結婚（ニノンは生涯の伴侶となる）。

一九三三年（五十六歳）　一月、ナチスが第一党となり、ヒトラー、独裁政権を握る。三月、ブレヒト来訪。トーマス・マンたびたび来訪。ロマン・ロラン来訪。

一九三五年（五十八歳）　二月、『寓話集』刊行。ハンス・カロッサ来訪。十一月、弟ヨハネス（ハンス）自殺。

一九三六年（五十九歳）　三月、ゴットフリート・ケラー賞受賞。九月、牧歌『庭でのひととき』刊行。

一九三七年（六十歳）　二月、『新詩集』刊行。六月、回想文集『思い出草』刊行、姉、妹、弟に捧げる。

一九三八年（六十一歳）　この年、スイス警察外国人課などでドイツからの亡命者のために尽力する。

一九三九年（六十二歳）　第二次世界大戦勃発。ヘッセは好ましくない作家と見なされ、ドイツでの用紙の配給が止められる。

一九四三年（六十六歳）　十一月、最後の大作『ガラス玉遊戯』スイスで刊行。

一九四五年（六十八歳）　終戦。六月、自伝と童話『夢の跡』刊行。秋、詩集『花咲く枝』刊行。

一九四六年（六十九歳）　八月、ゲーテ賞受賞。九月、ノーベル文学賞受賞。十二月、『戦争と平和』刊行。

一九四七年（七十歳）　七月、生誕の町カルフの名誉市民となる。ベルン大学より名誉博士号を贈られる。

一九四九年（七十二歳）　姉アデーレ死す。『テッスィーンの水彩画』刊行。回想集『ゲルバースアウ』刊行。

一九五〇年（七十三歳）　六月、P・ズーアカンプ来訪、ヘッセ、新出版社ズーアカンプ社の設立に協力を約束する。七月、エンガディーンのシルス・マリアに滞在。この地が気に入り、以後毎夏滞在する。ヴィルヘルム・ラーベ賞受賞。

一九五一年（七十四歳）　三月、『晩年の散文集』『書簡選集』ズーアカンプ社から刊行。

一九五二年（七十五歳）　五月、生誕七十五年を記念して、六巻の『全作品集』が刊行される。七月、七十五歳の誕生を祝う催しがドイツ、スイス各地で行なわれる。このときの祝辞と講演が『ヘッセへの感謝』として刊行される。秋、『二つの牧歌』刊行。

一九五四年（七十七歳）　四月、西ドイツ平和功労賞受賞。五月、『ヘッセ―ロラン往復書簡集』刊行。

一九五五年（七十八歳）　十月、回顧録『過去を呼び出す』刊行。ドイツ出版協会「平和賞」受賞。

一九五七年（八十歳）　五月～十月、シラー国立博物館でヘッセ展が開催される。七月、八十歳を記念して、『全作品集』に第七巻が追補刊行され、『全著作集』となる。

一九六一年（八十四歳）　四冊目の詩選集『段階』刊行。十二月、インフルエンザにかかる。白血病が危険な状態となるが、回復する。

一九六二年（八十五歳）　七月、モンタニョーラの名誉市民となる。八十五歳の誕生日に多くの贈り物と九百通を超える祝福の手紙が届けられる。八月八日の夜、床についてラジオでモーツァルトのピアノ・ソナタを聴く。九日朝、自宅で睡眠中に脳卒中で死去。十一日、モンタニョーラのアッボンディオ教会の墓地に埋葬される。

愛の先触れ

五月上旬の…森の王者は、この時期にはカッコウだ。[1]静かな人里離れた谷あいや、日射しを浴びた山林の頂、山中のほの暗い峡谷などいたるところで求愛の低い声が聞こえる。その呼び声は「春」を告げ、その歌は「不死」をうたっている。人びとがこの鳥に自分の余生をたずねるのも、[2]いわれのないことではない。温かく、低く、その声は森じゅうに響きわたる。

その声はアルプス南麓のこの地方でも、かつて私の子供のころシュヴァルツヴァルトとラインの谷あいで響いた声と異なるものではなく、昔、私の息子たちが子供のころにはじめて聞いたボーデン湖畔時代に響いた声とも異なるものではない。その声は太陽のように、森のように、若葉の緑と、たなびく五月の雲の白色と紫色のように、いつも変わらず同じものだ。

年ごとにカッコウは啼く。そしてそのカッコウがまだ去年のカッコウであるのかどうか、私たちがかつて子供のころ、少年のころ、青年のころに聞いたカッコウたちはどうなったのかは、誰にもわからない。その快い低い啼き声は、昔は幸せな将来を約束するように、愛を求めるように、幸せに向かって突き進めという呼びかけのように聞こえた。しかし今、それは私には過去から響いてくるように聞こえる。そしてカッコウにとっては、その注意の呼びかけを受ける者が、私たちであろうと、あるいは私たちの子供たちや孫たちであろうと、彼がその呼び声で、ゆりかごの中の私たちを目覚めさせようと、彼が私たちの墓の上で歌おうと同じことなのだ。

彼、この内気な兄弟はめったに人目につかない。私はそれだけでもうカッコウを愛している。彼は簡単には姿を見せない。彼はひとりっきりでいることを望んでいる。たいていの人びとにとっては、カッコウは緑の森の中で響くあの美しく、心をそそるような低い啼き声以外の何ものでもない。――聞いたことは何千回あっても、見たことは一度もないのだ。私は昨日十二歳くらいの学童の集団全員に、「キュック[3]を見たことがあるかい?」とたずねると、「ある」と答えた子はひとりだけであった。

けれどカッコウを、この内気な兄弟を、ほとんどの人には姿を見せない私の朗らかな森のいとこを、起源不明ながらいくつかのすばらしくさわやかな物語の主人公になっているカッコウの姿を、私はしばしば目撃した。姿は見えないものの、彼は王者として二か月のあいだ森全体を支配している。よく響く声で、愛を喚起する伝令であるカッコウは、結婚や家庭や子供の養育というものにほとんど関心をもたない。呼びつづけよ、わが兄弟カッコウよ、おまえは私の好きな動物のひとつだ。私自身は猛獣の同族であるけれど、もちろんすべての動物と親しくしている。私はすべての動物とうまくつきあっている。私はたくさんの動物を知っており、たくさんの動物は、内気でほとんど人に知られていない動物さえも、私を楽しませてくれる。

……

そして最近また私は、カッコウを、しかも一羽ではなく、オスとメスのひとつがいを見ることができた。私はスズランを摘みながら狭い谷あいの底で彼らを目撃したのである。そこで私はかなり長いあいだ枯れ木のように静かに立ちつづけていたので、彼らは私に気づかなかった。彼らは楽しそうに高い梢をぬって飛び上がったり飛び下りたりして追いかけっこをしていた（そこでは栗の森の中にトネリコの大木も生えている）。歓呼の声をあげる花綵《はなづな》さながらに、弧を描いて彼らは楽しげに、しなやかに飛んだ。この大きな黒い鳥たちは、身体と尾を一直線に伸ばして木から木へ飛びまわっていたかと思うと、突然地上目がけて垂直に急降下したり、突如ロケットのように梢の中へ飛び込んだり、いつも思いがけなく突然に、乱暴に方向転換するのだった。そしてそのあいだにも、ちょこちょこと一秒足らずのあいだ枝にとまっては、高ぶった、けたたましい叫び声をあげるのだった。

私は生涯のあいだ毎年カッコウにお目にかかったわけではない。通算して十二回くらいだろうと思う。そしてこれからはもう、頻繁には会えなくなるだろう。私の両脚がもうそれほどぐあいがよくないからだ。まもなく内気な兄弟キュックは、もう私の息子たちや孫たちのためにだけ歌うようになるだろう。孫たちよ、カッコウの声によく耳を傾けるがよい。カッコウはたくさんのことを知っている。カッコウから学ぶがよい！　カッコウの大胆な、よろこびにふるえるような春の飛行を、愛を求める温かい誘いの呼び声を、あてどない放浪の生活を、俗物を軽蔑する姿勢を学ぶがよい！…

「栗の森の五月」[4]（一九二七年）より

1　五月上旬の…＝…の部分は編者によって省略されている。以下、この章の…の箇所は同じ。

2　この鳥に自分の余生をたずねる＝カッコウが啼くとき、「私はあと何年生きるか？」とたずねて、それからカッコウの啼く回数がその人の生きられる年数だという言い伝えがある。

3　キュック＝カッコウは標準ドイツ語では「クックック」（Kuckuck）と言うが、この地方の方言では「キュック」（Kück）と言う。

4　「栗の森の五月」＝『わが心の故郷　アルプス南麓の村』（草思社刊）所収。

愛

私のよろこびにあふれた唇がふたたび望んでいる
私にくちづけして祝福するおまえの唇に出会うことを
おまえの愛らしい指を　私は離したくない
そして私の指とたわむれつつ組み合わせたい
おまえの眼を見て私の眼の渇きを癒し
私の頭をおまえの髪の毛に深く包み込みたい
私のいつも目覚めている若々しい身体で
おまえの身体の動きに忠実に応えよう
そしてくりかえし新たな愛の火で
おまえの美しさを幾千回も更新しよう
私たちがすっかり満ち足りて　二人とも感謝の思いで
すべての苦しみを乗り越えて　至福の思いで生きるまで
私たちが　昼も夜も　昨日も今日も
愛し合う姉妹のように何の願いもなくあいさつし

すべての現実の営みを超越して
霊的なものとなり　完全に平和のうちに生きるまで

（一九一三年）

カザノヴァ

若かったころには、私はカザノヴァ[1]については、漠然とした風評以外何も知らなかった。公認されていた文学史には、この偉大な回想録の著者は登場しなかった。彼の評判は、前代未聞の誘惑者で、女たらしというものであった。そして彼の回想録については、猥褻で、軽佻浮薄な内容に満ちた、ほんとうに悪魔が書いたような作品として知られていた。

この回想録にはドイツ語版がひとつかふたつあったけれど、何巻もある、絶版になった古いもので、それらに関心をもった場合には、古本屋で探さなくてはならなかった。そしてそれをもっている人は、鍵をかけた戸棚の中に隠しておいたものであった。

この回想録をはじめて眼にしたとき、私は三十歳を過ぎていた。それまで私はその回想録については、ただグラッベの喜劇[2]の中でこの書物が悪魔のおびき餌の役を演じているので知っていたにすぎなかった。けれどそのあと、幾種かのカザノヴァの新版が出版され、ドイツ語でも二種の新版が出た。そしてこの作品と、その著者についての世間と学者の評価はひじょうに変わった。この回想録を所有すること、そして読むことは、もう恥ではなく、人に隠すべき悪徳でもなくなった。それどころか、それを知らないことは恥となった。そして批評家の評価でも、以前は忌み嫌われて無視されていたカザノヴァは、しだいしだいに株が上がって、ついに天才にまで高められたのである。

さて、私はカザノヴァのすばらしいヴァイタリティーとまた彼の文学的業績を高く評価してはいるけれど、彼を天才とは言わない。この感情の巨匠であり、恋愛と誘惑の技術における偉大な練達の士である彼には、英雄的要素が欠如しているからである。とりわけ、それがなければ天才と考えることのできない、社会からの孤立と悲劇的な疎外された存在というあの英雄的な雰囲気が彼には完全に欠けているのである。

カザノヴァは決してそんなに複雑で、個性的な人物ではなく、独特の魅力をもつ人物でさえない。けれど、たしかに彼は信じられないほどすばらしい才能に恵まれた人物ではある（そして、すべての本物の才能は、まず感覚的な領域に根づいたもの、つまり肉体および感覚の分野でのすぐれた天分に由来するものでなくてはならない）。彼はあらゆることができる男であり、そしてそれゆえに彼は、彼の敏捷さ、彼の立派な教養、彼の柔軟な適応能力などによってあの時代の優雅な社交家の典型的な代表者となるのである。十八世紀の、革命の前の輝かしい数十年間の文化の、優雅で、社交的で、快活で、軽薄で、技芸的な一面をカザノヴァがまさに驚くべき完璧さで体現しているのをわれわれは見いだす。世界じゅうを旅する優雅な怠け者で享楽主義者、スパイで、起業家で、ギャンブラーであり、ときには詐欺師にもなり、強靱で同時に繊細な、性的快楽の享受能力をもち、女性たちに対しては優しさと尊敬の念に満ちて、礼儀正しく、変化を愛しながら、それでもなお誠実な恋人で、誘惑の名人というように、このすばらしい人物はわれわれ現代人にとっては驚くべき多面性をそなえているのである。けれどもただ、これらすべての特性がもっぱら外に向けられており、そしてまさにこのことがやはりまた、彼が一面的な人間であることを示しているのである。

現代の高い水準にある思想家が理想とする人間像は、《天才》でも社交界の紳士でもなく、純粋に内向的な人間でも純粋に外向的な人間でもなく、世間とのつながりと自己沈潜とのあいだを、外向的性格と内向的性格のあいだを、それを超越し、そして両者を調和させつつ往復する人間であろう。けれども実際はひじょうにゆたかな精神をもっていたカザノヴァの全生涯は、もっぱら社交的生活の領域だけで演じられている。そして彼を一瞬のあいだでも内省的にするためには、ひじょうに強烈な運命の打撃が必要であり、そうなると彼はすぐに陰鬱で、感傷的な気分になってしまうのである。

われわれにとって驚くべきことであり、そして不快なまでに奇異な感じを抱かせることは、とくにこの海千山千の世渡りの達人の性格の中で、高度の知性と素朴さが緊密に共存していることである。この卓越した知性を彼が身につけたのは、彼の強靱な肉体的素質と、どんな苦労にも耐えられる体力のおかげだけでなく、とくにわれわれが今日、青少年を従順にするためには不可欠であるとみなしている、際限なく生気を奪い、人間を愚鈍にする学校時代を過ごさずにすんだ彼の境遇のおかげでもあった。

彼の時代のすべての男性と同じく、彼はひじょうに若くして社交界に入り、独立して、自力で生きて行かねばならず、社交界と生活の必要から、とりわけ女性たちから躾《しつけ》を受け、厳しい訓練を受け、順応する能力を習得し、演技することと仮面をつけることを学び、手管を学び、思いやりの感覚を身につけた。そして彼の天分と衝動がすべて外面に向けられ、外面的な生活だけで満足を得ることができるものであるため、彼は優雅で礼儀正しい社交術の名手となるのである。

それにもかかわらず、彼は徹底してナイーヴでありつづける。そしてかなり好色な気持ちをもって、自分の生涯の恋のアバンチュールを語りはじめ、最後まで語りつくしているカザノヴァでさえ、――いろいろと気むずかしい性格をもつ現代人と比べると――まさに無邪気な小羊そのものである。

彼は何ダースもの少女や女性を誘惑する。それでいて彼は、愛の恐ろしさ、愛の形而上的な側面に震撼させられることがない。愛の深淵をのぞいてめまいを感じることは決してないのである。

ずっと後になって、彼が不本意ながら孤独の境遇におちいり、華やかさもなく、女たちもなく、金もなく、情事もなしに、ベーメンのドゥクス[3]に住んだ晩年になってはじめて、彼にとって人生はもはや完全に申し分のないものとは思われなくなり、人生がそんなに簡単なものではないことに気づくのである。

そしてこのふたつの魅力によって、つまり、学校教育で台なしにされ、職業によって活動範囲を制限された現代人であるわれわれが決して手に入れることのできない世渡りの名人芸と、彼の一種独特の無邪気さ、実に愛すべき、すばらしい素朴さとによって、彼はわれわれを魅了するのである。それは、その素朴さはときとしてひじょうに彼の役に立つ。なぜなら、彼の頑強な良心を彼自身が苦しめるもとになっているのは、もちろん処女を奪ったり、夫婦関係を破壊したりしたことだけでは決してなく、彼が自分の生活を楽しいものにし、旅行、歓楽、情事の資金をつくるために行なった悪辣な詐欺、不正取引、さまざまな種類の搾取などでもあるからである。

そして彼のまともな品行に対するこれらすべての抗議に対して、これらすべての良心の呵責となる行為に対して、彼は詭弁を弄して言いわけをしたり、冷笑的な態度をとったりするのではなく、子供のように微笑んでいるだけなのである。彼はそこここでいささか思いきったいたずらをして、人びとを欺いたことを白状してはいるけれど、彼がどうしてそうせざるを得なかったかは、神のみぞ知るである。つまり、それはいつでも善良な意図によって起こるか、そうでなければ一時的な忘れっぽさから起こったものなのである。そしていつでも彼は自らが下した審判に対しても世間の審判に対しても、らくらくと自分を正当化することに成功している。

今日、狡猾な悪徳商人や良心のない不当利益者が山ほどおり、またすれっからしの女たらしもたくさんいるけれど、そういう連中は、われわれの関心を引くことはあり得ない。このたぐいの連中のうちの最も才能のある男でさえ、カザノヴァと比べてみると、ふたつの傑出した特徴をもっていないからである。そのひとつは、ひじょうに優雅な、貴族の生活という、つねに彼に影響を与えつづけた、生きた模範であり、もうひとつは高度な文学的才能である。現代のベルリーンのドン・ファンや闇商人のラヴレターが、この紳士たちが予約購読している雑誌以上に高度な、精神的・言語的文化を提示するであろうなどとは、私は信じない。

そのほかにも、カザノヴァが現代の彼の同類に比べてすぐれていたのは、非の打ちどころのない社交的生活文化という、ひとつの堅固に形成された様式の基盤を社会から与えられていたことである。彼の生涯の様式上統一のとれた美しい経歴は、当時のまったく無名のあらゆる建築物や、あらゆる平凡な家具などとまったく同様にわれわれを魅了して、あこがれを呼び起こす力をもっている。——あのころは、今のわれわれの生活には完全に欠如している様式の統一性と美しさが存在したのである。

　まさにこの点からしても、今日の読者がカザノヴァの作品を読んで堕落させられるかもしれないなどという道徳家たちの懸念は、不必要なものである。とんでもないことである。そんな懸念には何の根拠もない。残念ながらないのである。われわれの英雄が乗って運ばれて行く船は、彼個人の独創性とか彼個人の非道徳性ではなく、むしろ彼の時代の教養と文化なのである。このような基盤の上では、つまりこのような水準においては、ほんのささいな個人的な長所がありさえすれば、それですでに強烈な印象を与えるに充分なのである。

　われわれ現代人がカザノヴァを読んである種の悲哀感を抱くとすれば、それはとりわけ、彼の生活のこのような環境、外面的生活の美しい、完全に形式化された文化に対して抱く悲哀感なのである。たとえば数十年前の教養ある読者ならば、そのように感じたことであろう。けれど今日では、カザノヴァがもっていて、まだわれわれの父親たちももっており、われわれ自身の青春時代もまだもっていて、青春に多大の魅力を与えたもうひとつのものも、死に絶えて、過去のものとなってしまったように思われる、それは愛に対する畏怖である。このカザノヴァ的な愛、その優雅で、慇懃《いんぎん》で、軽薄で、やや遊戯的な、[4]少年の恋のような恋慕であるにせよ——それでさえ今日ではもう、ルソーやヴェルターの比類なく感情のこまやかな愛と同様に、スタンダールの作品の主人公たちの情熱的で運命的な愛と同様に、値打ちがなくなってしまったように思われる。

今日ではもう、悲劇的な恋をする者も、愛の手管にすぐれた恋人も、いなくなってしまったように思われる。ただ軽薄な結婚詐欺師か精神病質の者ばかりしかいないようである。ひじょうに思慮深く、知的な才能をもち、生活力の旺盛な男性が、彼の才能とエネルギーを、金儲けか、何らかの政治的理念のために注入することは、今日では誰の眼にも可能であるばかりでなく、正当で正常なことのように思われるのである。――彼がこの才能とエネルギーを女性たちや愛のために向けることがあるなどということは、今日では誰の念頭にも思い浮かばないのである。

極端に市民的な考え方をもつアメリカの平均的市民層から、極端な社会主義思想をもつ真っ赤なソヴィエト市民にいたるまで、――いかなる真に《現代的な》世界観においても、恋は人生の副次的なひとつの歓楽要素という、重要でない役割以上の役割をもつことはないのである。その取り締まりのためにはその衛生学上の規則で充分なのである。

けれども、おそらく今日流行しているものもまた、世界の年齢から見るとほんの一瞬の期間しか持続しないという、あらゆる流行と同じ運命をたどるであろう。一方それに対して、恋の問題は、私が歴史で知っているかぎりでは、人類の関心がたびたびそれからそれたあと、何度も何度も新たに最高度にアクチュアルな問題となり得るであろう。

（一九二五年執筆）

1　カザノヴァ＝ジョヴァンニ・ジァコモ・カザノヴァ（一七二五―九八）。俳優と女優の子としてイタリアに生まれた。機知にとみ社交術にたけ、ヨーロッパ各地の宮廷や社交界で暗躍した。その波瀾万丈の生涯と女性との恋をフランス語で綴った『回想録』（全十二巻）は、十八世紀の風俗の貴重な記録である。この『回想録』ははじめライプツィヒのブロックハウス社からドイツ語訳短縮版（一八二六―二八）で出版された。フランス語の完全版は、一九六〇―六二にはじめて出版された。

2　グラッベの喜劇＝ドイツの劇作家クリスチアーン・ディートリヒ・グラッベ（一八〇一―三六）の戯曲『諧謔と風刺と皮肉とより深い意味』（一八二七）第三幕第五場に、檻の中に入れる「悪魔のおびき餌」として『カザノヴァの回想録』が出てくる。グラッベのオリジナル原稿では、これは「コンドーム」であったが、グラッベの友人であり、出版社主であったケッテンバイルが、検閲にかかることを恐れて、ちょうど出版された『カザノヴァの回想録』に代えることを提案し、グラッベがこれに同意したという。

3　ベーメンのドゥクス＝地名。カザノヴァは晩年、この地のヴァルトシュタイン伯爵の城に秘書という名目で居候になっているときに、『回想録』を書いた。

4　ルソーやヴェルター＝ルソーは、ジャン・ジャック・ルソー（一七一二―七八）のこと。ヴェルターはゲーテの作品『若きヴェルターの悩み』の主人公。

誘惑者

たくさんの戸口の前で私は待っていた
何人もの乙女たちの耳に私の歌をうたって聞かせた
たくさんの美しい女性を私は誘惑しようとした
あちこちで私はそれに成功した
そしてひとつの唇が私のものになるといつも
そして欲望が満たされたときにはいつも
相手に抱いた至福の幻想は墓の中に沈み
私はただ失望した手に肉を握っていた
それが欲しくて心から努力して求めたくちづけが
長いこと熱烈に求めつづけた愛の一夜が
ついに私のものとなった――するとそれは折られた花であった
香りは失せ　最高のものは台なしになった
いくつものベッドから私は悲しみに満ちて立ち上がった
そして満ち足りるたびごとにうんざりした

私は快楽から去り　夢を　あこがれを
そして孤独を　激しく望み求めた
おお　呪いだ　何を所有しても幸せになれないとは
どんな現実も夢を破壊してしまうとは
私がそれを求めているあいだ抱いていた夢を
あんなにも幸せに　歓喜に満ちて響いた夢を！
手はためらいながら新しい花をつかもうとし
新しい求愛に私は私の詩の調子を合わせる
身を守れ　美しい女よ　おまえの着物を引き締めよ！
私を魅了せよ　苦しめよ　だが求愛には応じるな！

（一九二六年）

ダンスパーティーの夜

どんな小娘でも学生でも、それを知っているのに、私は…[1]ずっと知らないままであったひとつの体験が、このダンスパーティーの夜、私に与えられた。祭りの体験、パーティーの熱狂、群衆の中に個人が埋没する神秘、群衆の歓喜の神秘的結合という体験である。しばしば私はこのことについて話されるのを聞いたことがあった。どんな小間使いでもそれを知っていた。そして私は、その話をする者の眼の輝きをしばしば見て、なかば見下すように、なかばうらやむようにそれに微笑んだものである。

　放心状態にある者の、自分自身から解放された者のあの眼の輝き、人びとの仲間であるというあの有頂天の歓喜の中で仲間たちと溶け合う者のあの微笑みとなかば正気をなくした熱狂を、私は生涯に何百回となく、高貴な例でも、下品な例でも、すなわち泥酔した新兵や水夫たちと同様に、劇場などの上演が華やかな成功をおさめたときなどの偉大な芸術家たちの例でも、そして戦場に赴いた若い兵士たちの場合でも、同じようにしばしば見たものであった。そしてまたつい最近にも、私はこの幸せに酔いしれた者の眼の輝きを讃嘆の思いで眺め、愛し、軽蔑し、そしてうらやんだものであった……。このような微笑み、このように子供のような眼の輝きは、もっぱら若い人たちだけか、まだ高度の個性の形成と、自我の確立をなしとげることのできない民族においてだけ可能なものであると、私はときおり考えたものであった。

けれど今日、この幸せな夜、私自身がこの微笑みで輝き、この深い、子供のような信じられないような幸せの中で泳ぎ、私自身がこの甘美な夢を、そして、連帯感、音楽、リズム、ワインと性欲が一体となった陶酔感を呼吸していた。ある学生が、パーティーの報告でこの陶酔感を讃美するのを、私は以前はよく嘲笑しながら、つまらぬ優越感を抱いて聞いたものであった。

私はもう私ではなかった。私の個性は塩が水に溶けるように祝祭の陶酔の中に溶けてしまった。私はこの女性やあの女性とダンスをした。けれど私が腕に抱えて、その髪が私を撫で、その香りを私が吸い込んだそれらの女性だけではなく、すべての者が私と同じホールの中で、同じダンスの中で、同じ音楽の中で泳ぎ、そしてそのよろこびに輝く顔が、大きな、幻想の花のように私のそばを漂いすぎていったすべての女性が私のものであり、私はすべての女性のものであり、私たちすべてが溶け合って一体となっていた。

そして男性たちもその一部であった。彼らの中にも私が居り、彼らもまた私にはなじみのないものではなく、彼らの微笑みは私の微笑みで、彼らの求愛は私の求愛で、私の求愛は彼らの求愛であった。

『荒野の狼』（一九二七年）より

1　……＝編者による省略があることを示す。

カーネーション

赤いカーネーションが庭に咲いている
恋に落ちた香りを燃え立たせ
眠ろうとせず　待とうとせず
カーネーションがもつ衝動はただひとつ
ますます性急に　熱烈に　奔放に咲くことだ！

私は見る　ひとつの炎が輝き
風がその紅炎を吹き抜けるのを
炎は欲望のためにふるえる
この炎がもつ衝動はただひとつ
ますます早く　急いで　燃えつきることだ！

私の血の中にひそむおまえよ
愛よ　おまえは何を夢見ているのか？

おまえも滴となってしたたることは望まず
川となり　潮となって流れ
自分を浪費し　泡と消えることを望んでいる！

（一九一八年）

マリーアの愛撫は、今日私が聴いた音楽を損なうものではなかった。その愛撫はその音楽にふさわしいものであり、その音楽の仕上げであった。私のキスが彼女の両足のところにたどり着くまで、私はゆっくりとこの美しい女の身体から毛布をはいでいった。やがて私が彼女と並んで横になったとき、彼女の花のような顔が、何もかも知りつくしているかのように優しく私に微笑みかけた。

この夜、マリーアのかたわらで私は、長くはなかったけれど子供のように深く、ぐっすり眠った。そして眠りの合間に私は彼女の美しい、快活な若さを楽しみ、そして低い声で雑談しながら彼女やヘルミーネの生活に関してたくさん知る値打ちのあることを聞き知った。私はこのような種類の人と生活については、ほんのわずかしか知らなかった。ただ演劇界の人びとのあいだで、私は以前ときおりそれに似た人たちに、女にも男にも、なかば芸術家で、なかば売春婦（夫）でもある人びとに出会った。今はじめて私は少しばかり、この奇異な、この奇妙に単純素朴な、奇妙に頽廃した生活をのぞき込んだ。

こういう娘たちは、たいてい貧しい家の出で、彼女らの全生涯を、安い賃金で、よろこびのない、パンを得るためだけの何らかの職業に適合させるには、賢すぎ、美しすぎるので、みんな臨時の仕事をしたり、彼女らの優雅さと愛嬌を元手にして暮らしを立てているのであった。つまり彼女らはときどき数か月のあいだタイプライターの前にすわったり、しばらくのあいだ裕福なプレイボーイの愛人となって、小遣いやプレゼントをもらい、あるときには毛皮を着て車に乗り、グランドホテルに住み、ほかのときには屋根裏部屋に住んでいた。そして事情によってはこの種の女性たちは、ひじょうによい条件で申し込まれたときには、それに動かされて結婚することもあったけれど、全体として決して結婚に執念を燃やしていたわけではなかった。

彼女らのかなりの者が、性的な欲望をもっていなかった。そして彼女らの愛想をたいやいやながら取引をして、できるだけ高い値段で売りつけた。

ほかの娘たちは、そしてマリーアはこの娘たちに属するのだが、途方もなく性愛技術に恵まれていて、性愛行為が大好きであり、ほとんどの娘が男女両性との性愛にも経験を積んでいた。彼女らはもっぱら愛のために生き、お金をもらう公認の男友だち以外にもたえずほかの恋人とも盛んに情事を続けていた。せっせと勤勉に、不安に満ちて軽はずみに、賢いけれど無思慮に、この蝶たちは、子供のようでありながら抜け目のない生活を、誰にも依存せず、誰にでも身を売るわけではなく、幸運と上天気が自分たちに与えてくれるものを待ちながら、生活に惚れ込み、それでもなお市民たちよりもずっと生活に執着することがなく、たえずお伽ばなしの王子様に連れられて彼のお城へ行くのを楽しみにしながら、たえず無意識のうちに自分たちの生活がいつか苦難に満ちた悲しい最期を迎えることを確信して生きていた。

マリーアは、――あのすばらしい最初の夜とそれに続く数日のあいだに――たくさんのことを、新しい愛のテクニックと官能の強烈なよろこびだけでなく、世界の新しい理解の仕方、新しい知識、新しい愛を私に教えてくれた。世捨て人で唯美主義者である私にとって、あいかわらず粗悪なもの、禁じられたもの、私自身の品位を傷つけるものであったダンスのできる酒場や遊興店、映画館、バー、ホテルの喫茶ホールなどの世界は、マリーアにとって、ヘルミーネにとって、そして彼女らの仲間にとっては世界そのものであり、善いものでもなければ悪いものでもなかった。この世界で彼女らの短いあこがれに満ちた人生は咲き誇り、その世界に彼女らは通暁していた。

彼女らは、私たちのような者がある作曲家や詩人を愛するように、ある銘柄のシャンパンとか、グリル・レストランのある特別料理などを愛していた。彼女らはある新しいダンスのヒットソングとか、あるジャズ歌手の感傷的で甘ったるい歌《ソング》に、私たちが風情《ふぜい》がニーチェとかハムスン[1]に対して抱くのと同じ熱狂、感動と共感を惜しみなく注ぎ込んでいた。

マリーアはあのハンサムなサキソフォン奏者のパブロの話をし、彼がときどき彼女たちのためにうたってくれたあるアメリカの歌《ソング》について話した。そして彼女はそれについて、感激と讃嘆と愛を込めて話をした。その感動は、高い教養のある誰かが選り抜きの高尚な芸術で味わったよろこびについて語るときの興奮よりもはるかに強く私をほろりとさせ、感動させた。その歌《ソング》がどんな種類のものでもかまわず、私はよろこんでマリーアといっしょに夢中になった。彼女の愛にあふれた言葉、彼女のあこがれに満ちて熱狂したまなざしは、私の美学を引き裂いて、大きな裂け目をつくった。

……

マリーアはこれまでに私がもった恋人の中で、はじめてのほんとうの恋人であるように思われた。私は、いつも私が愛した女性たちに、精神と教養を要求してきたけれど、最も才気のある、そしてほとんど最高の教養をもった女性でさえ私の中にある理性《ロゴス》に応答することがなく、たえずそれに矛盾対立していたことに、完全に気がついたことはなかった。私は私のいろいろな問題や考えを女性たちのところへもって行った。そしてほとんど一冊の本を読んだこともなく、読書がどういうものであるかもほとんど知らず、チャイコフスキーとベートーヴェンを区別することもできないような娘たちを一時間以上愛することなど、まったく不可能だと私には思われたであろう。

マリーアはまったく教養がなかった。彼女はそうしたまわり道と、余分な世界を必要としなかった。彼女の問題はすべて官能の領域から直接発生した。彼女の授かった肉体的な特質をもって、彼女の特別な容姿、彼女の身体の色、彼女の髪の毛、彼女の声、彼女の肌、彼女の快活な気性をもって、何とかできるだけ多くの官能と愛の幸せを勝ち取ること、彼女のあらゆる能力に対して、彼女の身体の線のあらゆる屈曲に、彼女の身体のあらゆる比類なく繊細な造形に対して、彼女を愛している者が、答え、理解し、彼女の遊戯に活発に応え、相手をも彼女をも共に幸せにしてくれることを見ること、そしてそのような反応を相手から魔法のように引き出すこと、それが彼女の技量であり、使命であった。私が彼女を相手におずおずとダンスを始めたあのとき、私はすでにそれを感じとり、一種の天才的な、すばらしく高度に研ぎ澄まされた肉体的感受性を嗅ぎつけ、そして彼女に魅了されたのであった。

『荒野の狼』（一九二七年）より

1　ハムスン＝クヌート・ハムスン。ノルウェーの作家（一八五九—一九五二）。都会的インテリの文化を否定し、農民の生活を讃美して、自らも農耕に従事しながら『時代の子ら』（一九一三）、『セーゲルフォス町』（一九一七）、『大地の恵み』（一九一七）などの作品を発表、一九二〇年にノーベル文学賞を受賞した。

＊

私が学んだのは、これらのこまごました玩具や、流行品や贅沢品は、決してただの安っぽいがらくたでも、まがいものでもなく、強欲な製造業者や商人の金もうけのための発明品でもないこと、むしろ正当な権利をもち、美しく、多様なものであり、すべて愛に奉仕するという、感覚を洗練するという、死んだ周囲の世界に生気を吹き込み、その魅力で私たちにこの世界を愛するための新しい感覚を与えてくれるという、ただひとつの目的をもつ事物の、ひとつの小さな、というよりはむしろ大きな世界を形づくっているということである。おしろいや、香水からダンス用の靴にいたるまで、指輪からシガレットケースにいたるまで、ベルトのバックルからハンドバッグにいたるまで。このハンドバッグはただのハンドバッグではなく、財布はただの財布ではなく、花はただの花ではなく、扇子はただの扇子ではない。すべては愛の、魔術の、刺激するための造形的な素材であり、愛の使者であり、密輸入者であり、武器であり、愛の鬨《かちどき》の声なのであった。

断章20―『荒野の狼』（一九二七年）より

＊

生きとし生けるものは、分裂と矛盾とによってはじめてゆたかになり、多様なものとなる。陶酔について何も知らなかったら、理性と分別とはいったい何であろう、官能の快楽は、その背後に死が潜んでいなかったら、いったい何であろう、そして、男女両性の永遠に相容れない敵意がなかったら、愛とはいったい何であろう？

断章21――『ナルツィスとゴルトムント』（一九三〇年）より

＊

私の考えるところでは、私の世代においては、性的衝動をあまりにも厳しく抑制されたり、阻止されたりしたために、その逆の場合よりもはるかに多くの人間の人生が台なしにされてしまったと思います。それゆえ私は私自身何冊かの著書の中で、この抑圧された性的衝動の擁護者かつ救助者となりました。――けれど賢者たちや宗教が私たちに課している高度な要請には充分に敬意を払い、これを無視するようなことは決してしませんでした。私たちの目標は、「自然を犠牲にして純粋に精神だけになる」ことではありません。私たちの目標は、「善意、愛、人間性を犠牲にして、できるかぎり野性的な、勝手気ままな生活を送る」ことでもありません。そうではなくて、私たちは二つの要請、つまり自然の要請と精神の要請とのあいだに、私たちの道を求めなくてはなりません。しかし硬直した中庸の道ではなく、各人がそれぞれ、その途上で自由と拘束とが吸う息と吐く息のように交代する、独自の、柔軟性のある道を探し求めなくてはならないのです。

断章22――『書簡選集』（一九七四年）より

母への道

ときとして　荒涼とした灰色の中から
歓喜にあふれたひとときが香る
女性の名前のようにふくいくと
ダグマー　エーヴァ　リーゼ　アーデルハイト
そのようにときとして袖口のすき間から
乙女の肌の白い閃光がほのかにまたたき
切れ長の眼から愛のまなざしがまたたく
短いよろこびが優しくとどまるときである
そして私はその短さを知っているのに
快楽を熱望して
愛のまなざしを送り
どの女の胸でも愛に燃え上がる

こうして今　私は子供になってしまった

連綿と続くささやかなよろこびの中を
追い求めて走り　ひそかにいたるところで
母の匂いと　母の乳房を探し求める
歓迎しよう　束の間の愛の火よ
私はくちづけする　彼女らの茶色や青色の眼に
戯れの求愛よ　多彩な情事よ
おまえにあいさつする　永遠の母である女よ！
おまえを愛することは　死に通じること
たちまち私の蝶の夢は炎をあげて燃えつきた
私を決して暗闇の中で破滅させないでくれ
炎のまっただ中で死なせてくれ！

（一九二六年）

＊

きみは十八歳だ。……きみはいろいろと恋の夢や恋の願望をもっているにちがいない。もしかするときみはそれに恐れを感じているかもしれない。恐れることはない！　それはきみがもっているもののうちで最上のものだ。ぼくを信じたまえ。ぼくはきみの年ごろに、ぼくの恋の夢を無理に抑えつけてしまったために、多くのものを失ってしまった。そんなことをしてはならない。……ぼくたちの中の魂が望んでいるものは何ひとつ恐れてはならないし、禁じられていると思ってはならない。……ぼくたちは……ぼくたちの衝動と、ぼくたち自身の心の中の誘惑を、敬意と愛をもって扱うことができる。そうすればそれらはその意味を発揮してくれる。そしてそれらはすべて意味をもっているのだ。

断章23――『デーミアン』（一九一九年）より

芸術の中の愛の変化

私はゴルトムント[1]のように、女性と単純に性的な関係をもっています。そして、もしも友だち（つまり女性）の魂に対する生まれつきもっている敬意と、また躾によって身についた敬意と、肉欲に無思慮に身をまかせてしまうことに対する、同様に躾によって身についた恐れが私を抑制しなければ、私はゴルトムントのように女性を見さかいなく愛するでしょう……。

ゴルトムントが、私自身もそうなのですが、女性に対しては、望んでいることはおろか、ほんのあたりまえのことすら感じたり、なしとげたりすることがまったくできないということ、彼が女性たちとの直接の関係において、官能の快楽と少しぎこちない礼儀正しさの域を出ることがない、ということについてはあなたがおっしゃる通りだと思います。女性との性的快楽は、ゴルトムントにとっては、女性の心まで手に入れるための方法とか、男女が互いにそれまでよりも価値のある人間になるという関係に到達するための道ではなくて、彼は芸術においてはじめて、まわり道をしてはじめて、現実に生きることの代償行為によってはじめて、女性への自分の愛を高次元の領域へ高めるのです。それを私は正直に認めざるを得ません。私はただ生きるためだけに生きたいとは思いません。私は女性のためだけに愛したくはありません。私は、人生に満足するために、それどころか、人生に耐え得るために、芸術へのまわり道が必要であり、芸術家の孤独で独特の楽しみが必要なのです。

これが、人生と人間のやり方としては、虚弱で、まったく理想的なものでも模範的なものでもないことを私はよく知っています。けれどもそれが私流のやり方なのです。それだけが私に理解できて、それだけが私に表現でき、ただひとつその観点からのみ私が人生を解明する試みのできる方法なのです。

ゴルトムントは、実際の体験から何も学びとらず、彼の体験を筋道を立てて反省することもせず、くりかえし女たちのところへ走って行くのですが、それは私にとっては、たとえば一匹のミツバチが何度も何度も花のところへ飛んで行って、くりかえし毎回同じようなはっきりしない引力に引かれて一滴の蜜を採ってきますが、花との関係を決して深めたり精神的なものにしたりすることはなく、その逆に巣に帰ると、花のことなどたちまち忘れて、蜂蜜をつくるのと同じようなものなのです。ミツバチはそれを何か高貴な、はっきりと意識にのぼる衝動からするのではなく、ゴルトムントと同じように、抗《あらが》いがたい力に強制されてするのです。なぜなら、ミツバチの営みはミツバチ自身には理解できない、ミツバチの生存の意義だからです。なぜならそれをミツバチの巣箱が、それをミツバチの将来と子孫がミツバチに要求し、ミツバチは何らかのかたちでそれに奉仕し、献身しなくてはならないからです。それと同じようにゴルトムントは、女性に奉仕するのではなく、彼の愛を精神的に高めるために努力するのではなく、彼は女性から、つまり彼にとって最も効果のある自然の泉から一滴の体験を、一滴の快楽と苦しみを飲み、それでそのための時が来ると、彼の仕事を、つまり彼の蜜をつくるのです。

ソクラテスならそうはしないでしょう。けれどもたとえばモーツァルトのような人間は、私にゴルトムントをよく連想させます。そしてモーツァルトがいなかったら、世界は私にとって、ソクラテスがいない場合よりもずっと貧しいものであろうと思われます。またバッハもヘンデルもティツィアーノ[2]も、彼らはモーツァルトとはまったく異なったタイプではありますが、彼らのタイプの、彼らの流儀のミツバチの営みの法則に従って生き、彼らのうちの誰もが蜜をつくることの意義についての信仰を、たえず彼らが体験したもののエキスを、いわゆる巣に保管し、その巣を満たすことがまさにハチの幸せであり、ハチの運命であるという生存の意義についてのひそかな、おそらくは決して意識にのぼることがなかったかもしれない信仰をもっていなかったら、彼らは自らの人生に耐えられなかっただろうと私は思います。

『書簡全集』第三巻（一九八二年）より

1　ゴルトムント＝ヘッセの長編小説『ナルツィスとゴルトムント』（一九三〇年、邦訳『知と愛』など）の主人公。思索を愛し、神の世界に生きる知の人ナルツィスと、生を愛し、芸術の世界にあこがれる愛の人ゴルトムントの物語。愛欲にめざめて修道院をぬけだしたゴルトムントは、女性遍歴の果てに聖女の姿に最も強くひかれて彫刻家を志し、精神の世界に帰る。

2　ティツィアーノ＝ティツィアーノ・ヴェチェリオ（一四九〇頃—一五七六）。イタリア・ルネサンス、ヴェネチア派の画家。

神秘に満ちた人

あまたの女性たちが恋をすると　私たちに
官能の悦楽の中で　彼女らの秘密をもらす
私たちはそれを摘み取る　そして彼女らを知りつくす
なぜなら　愛は騙すことができるにしても
欲情もまた欺くことができるにしても
両方がひとつになれば　彼女らは嘘をつけないからだ

おまえは私とともに秘跡の儀式を祝った
そして欲情は　おまえの場合は愛とひとつに思われた
それなのにおまえは私に本性を見せなかった
おまえは自分の気がかりな存在の謎を
愛の行為の中で決して私に明かさなかった
おまえは私にはずっと秘密のままだった

それからおまえは　突然私に飽きて　姿を消した
そしてこれを最後に私を苦しめた
私の一部がまだおまえに捕らわれたままだ
遠くからほっそりしたおまえが行くのを見ると
私はその冷たい美しい女性に欲情するかもしれない
私たちが一度も恋人同士ではなかったかのように

（一九二八年）

1955年，78歳のヘッセ

愛することができる人は幸せだ

年をとるにつれて、また私の人生の中で見いだしたささやかな満足感がしだいに気の抜けた、味気ないものになってくるにつれて、私がどこによろこびと生きる源を求めなくてはならないかが、ますますはっきりしてきた。愛されることは何ものでもなく、愛することがすべてであることを私は体験した。そして私たちの存在を価値あるものにし、よろこびに満ちたものにするものは、私たちの感情、感覚以外の何ものでもないことが、だんだんはっきりとわかってきたように思った。

私がこの地上のどこかで《幸福》と名づけることのできるものを見たときには、いつもそれはさまざまな感情からつくり上げられていた。お金は何ものでもなかった。権力は何の価値もなかった。この二つのものをもっていても、心がみじめな人がたくさん見られた。美しさも何の役にも立たなかった。美しい男女で、あふれるほどの美をもちながら心がみじめな人たちが見られた。健康も重大な意味をもたなかった。誰でもみな、自分で感じている程度に健康であったし、病人が命の終わる直前まで生きるよろこびに輝いていたり、健康な人が病気になるのを恐れるあまり、不安に満ちて、しだいに生気を失っていった例も少なくなかった。けれどひとりの人間がさまざまな強い感情をもって、それらを充分に生かしきって、それらを追い払ったり無理に抑えつけたりせず、大切にして享受しているところでは、いたるところに幸福があった。美は、それをもっている人を幸福にするのではなく、それを愛し、讃美することのできる人を幸福にした。

一見したところさまざまな感情があったけれど、根底においてそれはひとつのものであった。すべての感情を意志と呼んでもよいし、それともどんな名で呼んでもよかろう。私はそれを愛と名づける。幸せとは愛であり、それ以外の何ものでもない。愛することのできる者は、幸せである。私たちの魂に、魂自身の存在を感じとらせ、魂自身が生きていることを感じとらせる私たちの魂の動きは、どれもすべて愛である。それゆえ、幸せである者は、たくさん愛することができる者である。愛することと恋こがれることとは、しかし完全に同じものではない。愛とは恋こがれる欲求が叡知を獲得したものである。愛は所有することを求めない。愛はただ愛することだけを望む。それゆえ、世界への愛を、思想という網の中に入れて揺さぶりあやし、たえず新しく世界を自分の愛の網の中に紡ぎ込んだ哲学者も幸せであった。けれど私は哲学者ではなかった。

外部から押しつけられたモラルや徳義の教えに従って生きることでは、私は全然幸せになれなかった。私は、自分の心に存在することを感じ、心の中で生み出し、はぐくみ育てる徳義の理念に従って生きることだけが私を幸せにできることを知っていたからである。――こういう状況で、どのようにして私は何らかの自分に縁のない徳をわがものにしようと望むことができたであろう！　けれど私はそれを認識した。愛の掟《おきて》は、それがイエスから与えられたものであれ、ゲーテから教えられたものであれ変わりはないが、この掟は世間に完全に誤解されたということである！　それはまったく掟ではなかった。そもそも掟などは存在しないのである。掟というものは認識する者が認識できぬ者に伝え、認識できぬ者がそれを理解し、そして知覚する真理なのである。掟とは誤って理解された真理なのだ。一切の叡知の根底にあるものは、「幸せは愛によってのみやって来る」ということである。私が今「汝の隣人を愛せ！[1]」と言えば、それはすでにひとつの変造された教訓である。多分、次のように言うのがずっと真理に近いであろう。「汝の隣人を愛するごとく、汝自身を愛せ！」。そしてつねに隣人を愛することを先行させようとしたのは、多分、根本的な誤りであったのだろう……。

いずれにしても私たちの心の奥底では、幸せを求めている。私たちの外部にあるものとの快適な調和を求めている。この調和は何かあるものと私たちとの関係が愛以外のものとなるやいなや、損なわれる。愛する義務というものはない。ただ幸せであるべき義務だけがあるのだ。そのためだけに私たちはこの世に生きているのだ。そしてどんな義務によっても、どんな道徳によっても、どんな掟によっても、私たち自身がそれによって幸せになれないので、それによって私たちがお互いを幸せにし合うことはまれである。もし人間が《善良》であり得るとすれば、彼が幸せである場合、彼が自分の心の中に調和をもっている場合のみ、彼は善良であり得るのである。すなわち、彼が愛している場合のみである。

そしてこの世界における不幸、または私自身における不幸は、それゆえに愛する心の能力が損なわれたことから生じたのであった。ここから私には、新約聖書の次のような言葉が突如として真理となり、深い意味をもつものとなった。たとえば、「心を入れかえて、幼子のようにならなければ[2]」とか、「神の国はじつに汝のただ中にある[3]」などである。

これは教え、世界で唯一の教えであった。これをイエスが言った。これを仏陀が言った。これをヘーゲルが言った。それぞれがその神学の中で言った。彼らの誰にとっても、この世界で唯一大切なものは、彼個人の心の奥底のもの、——彼の魂——彼の愛する能力なのである。それがきちんとしていたら、人間は粗末な黍《きび》を食べて生きようが、ぜいたくなお菓子を食べて生きようが、ぼろを着ようと宝石で身を飾ろうと、世界と魂とは完全に調和しているのであり、世界はよいものであり、申し分のないものなのである。

……人間というものは、自分自身を愛するほどには何も愛することはできない。人間は自分自身を恐れるほどには、何ものも恐れることはない。こうして原始的な人間の神話や掟や宗教と同様に個人の生活の根拠をなす自己愛をも、人間にとって禁じられたものとみなし、秘密にし、隠し、仮面をつけねばならないものとした、あの奇妙な翻案の掟と見せかけの掟が成立したわけである。他者を愛することは、自分自身を愛することよりもよいことで、道徳的なことで、崇高なこととみなされたのである。そして自己愛はまさに始原的衝動であり、隣人愛は自己愛と並んでは決してほんとうに栄えることができなかったので、仮面をつけた、崇高になった、洗練された自己愛が、一種の人間相互間の隣人愛というかたちで発明されたのであった。

……こうして、家族、部族、村、宗教団体、民族、国民が神聖なものとなった。……自分自身への愛のためにはどんなささいな社会の掟も踏み越えることを許されない人間は――共同体のためには、民族と祖国のためには、何ごともすべて、この上なく残酷なことさえもすることが許されている。そしてふつうは禁じられているあらゆる衝動がここでは義務となり、英雄的精神の地位を獲得するにいたったのである。こういうところまで人類は今までのところ到達したのであった。おそらく民族という偶像も時とともに崩壊するかもしれない。そして新しく発見された全人類への愛において、おそらく古い本来の教えがふたたび出現するであろう。

このような認識はゆっくりと到来し、人間はこの認識に向かって螺旋《らせん》形を描いてのぼってゆく。そしてこの認識が到来すると、人間がその認識にひとっ跳びに、あっという間に到達したかのように思われるのである。けれどこうした認識はまだ現実のものではない。その認識はそこへ至る途上にあり、多くの者は永久にその途上にとどまっている。

「マルティーンの日記から」（一九一八年執筆）より

1「汝の隣人を愛せ！」＝旧約聖書レビ記19章18。新約聖書マタイによる福音書19章18および22章39。

2「心を入れかえて、幼子のようにならなければ」＝新約聖書マタイによる福音書18章3。

3「神の国はじつに汝のただ中にある」＝新約聖書ルカによる福音書17章21。

呻きつつ吹きすさぶ風のように

呻きつつ吹きすさぶ風のように　夜通し
私のおまえを求める欲望が荒れ狂う
あこがれがことごとく目覚めてしまった――
おお　私を病気にしたおまえ
おまえは私のことをどれだけわかっているのか?
そっと私は遅い夜の明かりを消す
熱狂のときに目覚めているために
そして夜はおまえの顔となり
そして愛について語る風は
忘れられぬおまえの笑いのように響く

（一九一〇年）

＊

感情や感傷を私は非難したり憎んだりせず、自問する。「そもそも私たちは、もしも私たちの感情によってでなかったとしたら、いったい何によって生き、どこで生きているかことを感じるのか？」と。お金のつまった財布も、ゆたかな銀行口座も、優雅なズボンの折り目も、かわいらしい女の子も、もし私がそれに何も感じなければ、私の心が感動しなければ、それは私にとっていったい何なのだろう？　何にもなりはしないではないか。他人の感傷性をいくら憎むことができても、私自身の感傷を私は愛し、むしろ少し甘やかしている。感情、優しさ、心の鋭敏な感受性、それらは私の授かりもので、私はそれの助けで生きて行かなければならないのだ。もし私が自分の筋肉だけを頼りにして、レスラーやボクサーになっていたなら、どんな人間も私に筋肉の力を下等なものとみなせとは要求しないであろう。私が暗算が得意で、大きな事務所の支配人であったなら、暗算の特技を価値の低いものとして軽蔑せよとは、どんな人間も私にあえて要求しないであろう。

ところが詩人に対しては現代はそれを要求しているし、幾人かの若い詩人たちも自らすすんで自らにそれを要求している。まさに詩人の本質をなすものを、心の多感さを、女に惚れ込む能力を、愛して、熱狂して、没頭して、感情の世界において未聞のこと、異常なことを体験する能力を――まさにこうした彼らの長所を憎み、それを恥じ、「センチメンタル」と呼ぶことのできる一切のものに抵抗すべきであると要求している。よろしい。そうしたいならするがよかろう。私はその仲間入りはしない。私にとっては、私の感情の方が、世界のすべての威勢のよい傲慢さなどより千倍も好ましい。そして戦争の年月に、傲慢で果敢な連中の感傷に雷同して殺し合いの乱射に熱狂することを私にさせないでくれたのは、ひとえに私の感情なのである。

断章24——『ニュルンベルクの旅』（一九二七年）より

＊

この世を見通し、それを解明し、それを軽蔑することは、偉大な思想家たちの仕事であろう。けれど私にとって大切なのは、この世を愛しうること、それを軽蔑しないこと、この世と自分を憎まないこと、この世と自分と万物を愛と感嘆と畏敬の念をもって眺めうることである。

断章25——『シッダールタ』（一九二二年）より

＊

愛に関しては、ちょうど芸術の場合と同じことが言える。つまり、最も偉大なものしか愛せない人は、最もささやかなものに感激できる人よりも貧しく、劣るのである。愛というものは、芸術の場合もそうだけれど、不思議なものである。愛は、どんな教養も、どんな知性も、どんな批評もできないことができるのである。つまり愛はどんなにかけ離れたものをも結びつけるし、最古のものと最新のものをも併置させる。愛は一切のものを自己の中心に結びつけることによって、時間を克服する。愛だけが人間にとって確実な支えとなる。愛だけが、正当性を主張しないがゆえに、正当性をもつ。

断章26──「文学における表現主義」（一九一八年）より

＊

全体として私たちの時代が信じられなくなればなるほど、人間性がますます堕落し、枯渇していくのが見られると確信すればするほど、いっそう私には革命がこの堕落を引き止める手段であるなどとは考えられなくなり、いっそう深く私は愛の魔力を信じるようになります。すべての人びとが声高く賛成することに沈黙していることは、すでに何らかの価値のある行為です。人間とあらゆる制度に敵意を抱かずに微笑して眺め、世界における愛の欠乏を、ささやかな私的な領域で愛を増すことで埋め合わせること、つまり、仕事での誠意を増すこと、より以上の忍耐をもつこと、嘲笑や批判で若干の安っぽい復讐をすることを断念すること、こうしたことは、私たちがすることのできるささやかないくつかの手段なのです。

断章27──『書簡選集』（一九七四年）より

＊

世界と人生を愛すること、苦しいときにも愛すること、太陽のあらゆる光線を感謝の思いで受け取ること、そして苦しみの中でも微笑むことを忘れないこと、――あらゆる真正の文学のこの教えは、決して時代遅れになることはなく、今日では、これまでのいつの時代にもまして必要不可欠なものであり、感謝しなくてはならないものである。

断章28―『シュトルム―メーリケ往復書簡』（一九一九年）の「まえがき」より

沈思

精神は神々しく永遠である
われらがその姿であり道具である精神に
われらの道は通じている　われらの内奥のあこがれは
精神そのものとなり　精神の光の中で輝くこと

けれどわれらは土に結ばれ　死すべきものとしてつくられている
われら被造物の上には大地の重みがのしかかっている
優しく母のように自然はわれらを包み
大地はわれらに乳を飲ませ　ゆりかごと墓に寝かせてくれる
それなのに自然はわれらを鎮めてはくれない
自然の母のような魅力を
不滅の精神の火花が父親のように突き破り
子供を大人にし
無邪気さを消し　われらを戦いと善悪の区別へと目覚めさす

こうして母と父とのあいだを
こうして肉体と精神とのあいだを
被造物のうち最ももろい子供はためらいつつ進む
ふるえる魂である人間は
ほかのどんな生物ももたぬ　苦悩の能力をもち
至高のものに到達し　信じ希望する愛を獲得する能力をもつ

人間の道は困難だ　その食べ物は罪と死だ
しばしば彼は暗闇に迷い込み　ときとして
創造されなかった方がよかったほどだ
しかし彼の頭上に永遠に彼のあこがれであり
彼のさだめである光と精神が輝く
そしてわれらは感じる　人間　この危険にさらされたものを
神が　特別の愛をもって愛していることを

それゆえにわれらさ迷える同胞たちは

争いの中でもなお愛することができるのだ
そして裁いたり憎んだりするのでなく
忍耐強い愛こそが
愛する者の寛容こそが
われらを神聖な目標により近く導く

（一九三三年）

*

このような質問をして、苦情を訴えることの誤りは、おそらく私たちが、ただ自分自身でしか獲得できないもの、自分の心身を傾倒して自分の心でしか獲得できないものを、外部から贈り物として手に入れたいと願うところにあるのでしょう。人生がひとつの意義をもつべきであると私たちは望みます。——けれど人生は、ぴったり私たち自身が人生に与えることのできる分だけの意義しかもちません。個人はそれが不完全にしかできないので、人間は宗教と哲学で慰めを得てこの問題に答えを見いだそうとしました。

これらの答えはすべて同じものになります。人生が意義をもつのは、ただ愛によってだけなのです。つまり、「私たちが愛し、献身できればできるほど、それだけ私たちの人生は意義深いものになる……」ということです。

あなたは慰めを求めて自然の中を歩いています。そして、この自然がただ「受動的に、無関心に」横たわっていることに失望しています。けれどあなたは、自然に対してどれだけ大きな関心をもったでしょうか？　自然がどんなに苦労しているか、甲虫たちから樹木にいたるまで、あらゆる生物がどんなに戦い、働き、苦しみ、欠乏に耐えなければならないか、個体が戦いと犠牲のもとに自然全体にいかに順応し、全体の法則に従わなくてはならないかを、あなたは見もせず、感じもしませんでした。あなたは自然に対して、自然があなたに対してそうであるのとまったく同じように関心をもたれませんでした。ここに問題があるのです。そしてそれについては、私はもうひと言も申しません。それについてはあなたご自身がよく考えなくてはならないのです。

断章29──『書簡選集』(一九七四年)より

＊

所有と権力を求めるためのどんな努力も、私たちからエネルギーを奪い、私たちを貧しくするのに対して、どんなささやかな無私の献身でも、どんなかたちの思いやりでも、どんな愛でも、私たちをよりゆたかにするということは、古今を通じての人生知の不思議な、しかし簡単な秘密である。それをインド人は知っていて、教えた。そしてその後、賢いギリシア人たちが、それからイエスが、そしてそれ以来なお何千人もの賢人や詩人たちが教えた。彼らと同時代の金持ちや王たちが忘れられてしまい、消え去ってしまった一方で、あの賢人や詩人たちの作品は時代を超越して生きつづけている。イエスであろうが、プラトンであろうが、シラーであろうが、あるいはスピノザであろうが、きみたちは誰の教えを信奉してもよかろう。

人をこの上なく幸せにするのは、権力でも、所有でも、認識でもなく、愛だけだというのが、誰の教えでも究極の叡知なのだ。どんな無私の行為、つまり、愛ゆえの断念も、同情からの行為も、自己放棄も、すべてことごとく施与《せよ》行為であり、一種の自己略奪のように見えるけれど、それはよりゆたかになることであり、より偉大になることであり、やはり前方へ、上方へと通じる唯一の道なのである。それはひとつの古い歌である。私は下手な歌い手であり、説教者である。けれど真理はすたれることはなく、それが今、どこか砂漠で説教されようと、ひとつの詩に謳われようと、新聞に印刷されようと、どんな時代にも、どんなところでも真理として通用するのだ。

断章30――「クリスマスに」（一九〇七年）より

＊

私たちが新約聖書の教えを掟と解釈せず、私たちの魂の秘密についてのきわめて深遠な知識の表明と解釈するなら、これまで語られた最も賢明な言葉で、すべての処世術と幸福の教えを短く総括した言葉は、「汝自身を愛するごとく、汝の隣人を愛せ」というあの言葉である。ついでに言えば、この言葉は旧約聖書にも載っている。

人は自分自身を愛するほどには隣人を愛することはできない――となると、これはエゴイストであり、強欲な人間であり、資本家であり、ブルジョアということになり、たしかに金や権力を集めることはできるけれど、ほんとうに楽しい心をもつことはできず、魂の最も繊細で最も甘美なよろこびを味わうことができない。

あるいは、人は自分自身を愛する以上に隣人を愛することができる——この場合は、哀れな人間で、劣等感でいっぱいで、すべてのものを愛したいという欲求にあふれてはいるけれど、やはり自己嫌悪と自虐の念に満ち満ちて、自分自身を焼く火を毎日自分で燃やす地獄に住むことになる。

それに対して、自分にも他人にも借りをつくらずに愛することのできる愛、誰からも愛を盗み取らずに自分自身を愛する愛、自分の自我を制限も抑圧もしないで他人を愛する愛がある。これがバランスのとれた愛なのだ！

すべての幸福の秘密、すべての至福の秘密がこの言葉の中に含まれている。そしてもしそれを望むならば、この言葉をインド人の考え方に転回して、「隣人を愛せ、隣人は汝自身なればなり！」という意味に解することもできる。つまり、「タト・トヴァム・アスィ（それはおまえだ、梵我一如《ぼんがいちによ》）」のキリスト教的な翻訳である。ああ、すべての叡知はこれほど簡単で、もうこんなにも長いあいだ、こんなにも的確に、疑いの余地なく語られ、言葉で表現されているのだ！

なぜこの叡知が、ほんのときおりよい時代にだけしか私たちのものにならないのだろう。なぜ常時、私たちのものにならないのだろう？

断章31——『湯治客』（一九二四年）より

愛の道をたどるのがこれほど困難なのは、まさに、世界で愛がほとんど信じられていないためであり、愛がいたるところで不信に突き当たるためなのです。

断章32――「愛の道」(一九一八年執筆)より

＊

世界は不正(不公平)という病気にかかっています。いや、それどころか、世界は、愛、人間性、同胞愛の欠乏という、もっとはるかに重い病気にかかっています。何千人もの人が群れをなして行進し、武器をもって養い育てる同胞意識は、軍事的形式においても、革命というかたちでも私には受け入れられません。

断章33――『書簡選集』(一九七四年)より

戦争四年目に

たとえ夕べが寒く悲しく
雨が音立てて降ろうとも
私は　今この時に
やはり私の歌をうたう
誰が聞いてくれるか
私は知らないけれど

世界が戦争と不安の中で窒息しようとも
いくつかの場所で
誰もそれに目をとめなくとも
やはりひそかに愛が燃えつづけている

（一九一七年）

＊

もしある人間が自分自身に多大の要求をする場合には、私はそれを理解し、是認します。けれど彼がこの要請を他人にまで拡大し、自分の人生を善のための「闘争」とする場合には、私はそれについての判断を放棄せざるを得ません。私は闘争とか、集団的行動とか、反対運動をみじんも尊重していないからです。この世界を変えようというあらゆる意志は戦争と暴力に通じるものであることを知っていると信じるからです。それゆえに、私はいかなる反対運動にも加わりません。なぜなら究極の結果を私は是認しないからです。そして地上の不正と悪意は癒しがたいものだと思います。私たちが変更することができ、また変更すべきであるものは、私たち自身なのです。つまり私たちの短気さ、私たちの利己主義（精神的な利己主義も）、私たちの被害妄想的傾向、私たちの愛と寛容の不足などです。それ以外のどんな世界変革も、それが最良の意図から出たものであっても、私は無益なものであると思います。

断章34――『書簡選集』（一九七四年）より

＊

柔は剛より強い
水は岩より強い

愛は暴力より強い

断章35——『シッダールタ』（一九二二年）より

平和を迎えて——バーゼル放送局の終戦祝賀放送に寄せて

憎悪の夢と流血による陶酔状態から目覚め
戦争の電光と命を奪う喧噪で
いまだ眼は見えず　耳は聞こえず
あらゆる残虐行為に慣れて
疲れきった戦士たちは
彼らの武器を捨て
彼らの恐ろしい日々の仕事をやめる
「平和だ！」という声が響く
まるでお伽ばなしか子供の夢からのように
「平和だ」そして心は
ほとんど喜べない　喜びよりも涙の方が心に近いのだ

われらあわれな人間は
善も悪もなすことができる

動物であり　神々だ！　なんと重く　悲しみが
恥じらいが　今日われらを打ちひしぐことか！
けれどわれらは希望する　そして胸の中に
愛のさまざまな奇跡の予感が
燃えるような予感が生きている
同胞よ！　われらの前には精神への
愛への帰還の可能性が開かれている
そしてすべての失われた
楽園への門が開かれている

意欲をもて！　希望せよ！　愛するのだ！
そうすれば大地はふたたびおまえたちのものだ

（一九四五年）

悪はつねに愛の不足するところに発生するのです。

断章36―『書簡全集』第三巻（一九八二年）より

＊

想像力と感情移入能力は、愛の二つの形にほかなりません。

断章37―未公開書簡より

＊

私が読者にすすめたいことが何かあるとすれば、それは、「人間を愛すること、弱い人間をも、役に立たない人間をも愛すること、そして彼らを裁かないこと」ということです。

断章38―『書簡選集』（一九七四年）より

＊

他の人びとが、あなたの好んでいる書物や芸術作品の価値を認めない場合には、それに抗議したり、その書物を弁護しようとするのは無駄なことです。人は自分の愛するものの味方をし、それを表明すべきですが、この愛の対象について論争すべきではありません。そんなことをしても何ものも生み出しません。詩人の書物は説明も弁護も必要としません。それはこの上なく忍耐強く待つことができるのです。そしてそれらが何らかの価値があるものなら、それらは生きつづけます。

断章39——『書簡選集』（一九七四年）より

＊

死の呼び声は、愛の呼び声でもあります。私たちが死を肯定すれば、私たちが死を、生と変身の偉大な永遠の形式のひとつとして受け入れるならば、死は甘美なものとなるのです。

断章40——『書簡全集』第三巻（一九八二年）より

出典

◎「氷の上で」Auf dem Eise（一九〇〇年頃執筆）。『無為の術』Die Kunst des Müßiggangs（一九七三年）に収録。
◎「遅すぎる」Zu spät（一九〇九年）。『詩集』Die Gedichte（一九七七年）所収。
◎断章1　『荒野の狼』Der Steppenwolf（一九二七年）より。
◎断章2　『ペーター・カーメンツィント』Peter Camenzind（一九〇四年）より。
◎断章3　未公開書簡より。
◎断章4　『ゲルトルート』Gertrud（一九一〇年）より。
◎断章5　「愛の道」Der Weg der Liebe（一九一八年執筆）より。ヘッセ十二巻全集Hermann Hesse Gesammelte Werke in 12 Bänden（一九七〇年）第十巻所収。
◎『ハンス・ディーアラムの見習い期間』Hans Dierlamms Lehrzeit（一九〇九年）。『短編全集』Gesammelte Erzählungen（一九七七年）所収。
◎断章6　『書簡全集』Gesammelte Briefe 第一巻（一九七三年）より。
◎断章7　未公開書簡より。
◎断章8　ある詩からの四行。『詩集』（一九七七年）所収。
◎断章9　『デーミアン』Demian（一九一九年）より。

◎『大旋風』Der Zyklon（一九一三年）。『短編全集』（一九七七年）所収。

◎断章10『ペーター・カーメンツィント』（一九〇四年）より。

◎「私は女性たちを愛する」Ich liebe Frauen（一九〇一年）。『詩集』（一九七七年）所収。

◎「あの夏の夕べ」An jenem Sommerabend「青春時代からの断片」Fragment aus der Jugendzeit（一九〇七年執筆）の一部。『短編全集』（一九七七年）所収。

◎「エリーザベト」Elisabeth（一九〇〇年）。『詩集』（一九七七年）所収。

◎「美しければ美しいほど私には縁遠く思われた」Je schöner es war, desto fremder schien es mir『ペーター・カーメンツィント』（一九〇四年）より。

◎「そのように星辰は運行する」So ziehen Sterne（一八九八年）。『詩集』（一九七七年）所収。

◎「それがおわかりですか？」Verstehen Sie das?『愛の犠牲』Liebesopfer（一九〇七年）の一部。『短編全集』（一九七七年）所収。

◎「炎」Die Flamme（一九一〇年）。『詩集』（一九七七年）所収。

◎断章11『書簡選集』Ausgewählte Briefe（一九七四年）より。

◎断章12『クラインとヴァーグナー』Klein und Wagner（一九二〇年）より。

◎「私が十六歳になったとき」Als ich sechzehn Jahre alt war「ある少年の手紙」Brief eines Jünglings（一九〇六年執筆）からの部分印刷。『無為の術』（一九七三年）に収録。

◎「寒い春に恋人に捧げる歌」Lied an die Geliebte im kalten Frühling（一九二四年）。『詩集』（一九七七年）所収。

◎「思い出」Erinnerungen（一九〇五年執筆）。『秋の徒歩旅行』Eine Fußreise im Herbst（一九〇六年）の一部。

◎「なんとこの日々は……」Wie sind die Tage……（一九一一年）。『詩集』（一九七七年）所収。

◎「恋愛」Liebe（一九〇六年執筆）。『無為の術』（一九七三年）に収録。

◎断章13『書簡全集』第二巻（一九七九年）より。

◎「たわむれに」Im Scherz（一八九八年）。『詩集』（一九七七年）所収。

◎断章14「心の富」Der innere Reichtum（一九一六年執筆）より引用。『無為の術』（一九七三年）に収録。

◎断章15「フィリスターラントにて」Im Philisterland（一九〇四年）から引用。エッセイ集『絵本』Bilderbuch（一九二六年）所収。

◎断章16『ペーター・カーメンツィント』（一九〇四年）より。

◎「人生の倦怠《テディウム・ヴィテ》」Taedium vitae（一九〇八年）。『短編全集』（一九七七年）所収。

◎「愛の歌」Liebeslied（一九〇七年）。『詩集』（一九七七年）所収。

◎「四月の夕べ」Abend im April（一九二二年）。本書で初紹介の詩。

◎「アバンチュールの期待」Erwartung des Abenteuers『徒歩旅行』Wanderung（一九二〇年）所収の「村」Dorf より。

◎「ある女性に」Einer Frau（一九二〇年）。『詩集』（一九七七年）所収。

◎「昔、愛する男が……」Es war ein Liebender……『デーミアン』（一九一九年）より。

◎「私のよく見る夢」Mon reve familier（一九〇一年）。『詩集』（一九七七年）所収。

◎「エーデットへのクリングゾルの手紙」Klingsor an Edith『クリングゾルの最後の夏』Klingsors letzter Sommer（一九二〇年）より。

◎「稲妻」Wetterleuchten（一九〇一年）。『詩集』（一九七七年）所収。

◎断章17『クリングゾルの最後の夏』（一九二〇年）より。

◎断章18『書簡全集』第二巻（一九七九年）より。

◎断章19　一九一四年の評論より。

◎「再会」Wiedersehen（一九一六年頃）。『詩集』（一九七七年）所収。

◎「恋する男」Der Liebende（一九二二年）。『詩集』（一九七七年）所収。

◎「ピクトールの変身」Piktors Verwandlungen（一九二二年執筆）。『童話集《メールヒエン》』（一九七五年）所収。

◎「愛の歌」Liebeslied（一九二〇年）。『詩集』（一九七七年）所収。

◎「逸脱者の日記から」Aus dem Tagebuch eines Entgleisten（一九二二年執筆）。『ヘッセ

の〝荒野の狼〟の資料』(一九七二年)所収。
◎「極楽の夢」Paradies-Traum(一九二六年)。『詩集』(一九七七年)所収。
◎「愛の先触れ」Ein Herold der Liebe『小さなよろこび』Kleine Freuden(一九七七年)所収の「栗の森の五月」Mai im Kastanienwald(一九二七年)の一部。
◎「愛」Liebe(一九一三年)。『詩集』(一九七七年)所収。
◎「カザノヴァ」Casanova(一九二五年執筆)。『評論と論文の文学史』Eine Literaturgeschichte in Rezensionen und Aufsätzen(一九六九年)所収。
◎「誘惑者」Verführer(一九二六年)。『詩集』(一九七七年)所収。
◎「ダンスパーティーの夜」Ballnacht『荒野の狼』(一九二七年)より。
◎「カーネーション」Nelke(一九一八年)。『詩集』(一九七七年)所収。
◎「生活に惚れて」Ins Leben verliebt『荒野の狼』(一九二七年)より。
◎断章20『荒野の狼』(一九二七年)より。
◎断章21『ナルツィスとゴルトムント』Narziß und Goldmund(一九三〇年)より。
◎断章22『書簡選集』(一九七四年)より。
◎「母への道」Weg zur Mutter(一九二六年)。『詩集』(一九七七年)所収。
◎断章23『デーミアン』(一九一九年)より。
◎「芸術の中の愛の変化」Verwandlung der Liebe in Kunst『書簡全集』第三巻(一九八二

年）より。
◎「神秘に満ちた人」Die Geheimnisvolle（一九二八年）。『詩集』（一九七七年）所収。
◎「愛することができる人は幸せだ」Wer lieben kann, ist glücklich（一九一八年執筆）。「マルティーンの日記から」Aus Martins Tagebuchの一部。『小さなよろこび』（一九七七年）所収。
◎「呻きつつ吹きすさぶ風のように」Wie der stöhnende Wind（一九一〇年）。『詩集』（一九七七年）所収。
◎断章24『ニュルンベルクの旅』Die Nürnberger Reise（一九二七年）より。
◎断章25『シッダールタ』Siddhartha（一九二二年）より。
◎断章26「文学における表現主義」Expressionismus in der Dichtung（一九一八年）より。ヘッセ全集（一九七〇年）第十一巻所収。
◎断章27『書簡選集』（一九七四年）より。
◎断章28『シュトルム―メーリケ往復書簡』Storm-Mörike-Briefwechsel（一九一九年）の「まえがき」より。
◎「沈思」Besinnung（一九三三年）。『詩集』（一九七七年）所収。
◎断章29『書簡選集』（一九七四年）より。
◎断章30「クリスマスに」Zu Weihnachten（一九〇七年）からの引用。『無為の術』（一九七三年）に収録。
◎断章31『湯治客』Kurgast（一九二四年）より。
◎断章32「愛の道」Der Weg der Liebe（一九一八年執筆）からの引用。ヘッセ全集（一九七〇年）第十巻所収。
◎断章33『書簡選集』（一九七四年）より。
◎「戦争四年目に」Im vierten Krieksjahr（一九一七年）。『詩集』（一九七七年）所収。
◎断章34『書簡選集』（一九七四年）より。
◎断章35『シッダールタ』（一九二二年）より。
◎「平和を迎えて」Dem Frieden entgegen（一九四五年）。『詩集』（一九七七年）所収。
◎断章36『書簡全集』第三巻（一九八二年）より。
◎断章37　未公開書簡より。
◎断章38『書簡選集』（一九七四年）より。
◎断章39『書簡選集』（一九七四年）より。
◎断章40『書簡全集』第三巻（一九八二年）より。

訳者あとがき

本書は、フォルカー・ミヒェルス編「ヘルマン・ヘッセ読本」六巻の一冊、愛についての詩文集『愛することができる人は幸せだ』の翻訳で、原本は、HESSE *"Wer lieben kann, ist glücklich"* (Zusammengestellt von Volker Michels. Ein Hermann Hesse-Lesebuch im Suhrkamp Verlag 1986) である。

その内容は、女性への恋と愛、人間愛をテーマとする詩作品二十六篇、短編小説七篇、童話一篇、評論一篇、小説、エッセイ、日記、書簡等からの抜粋で、編者によってタイトルのつけられたもの十一篇、タイトルのない断章四十篇である。

原本に収録されている作品のうち、童話「イーリス」(Iris) と短編「夕方に詩人が見たもの」(Was der Dichter am Abend sah) の二篇は、すでに同じ出版社から拙訳が出ているため、編者から特別の許可を得て、本書では割愛した (「イーリス」は『庭仕事の愉しみ』に、「夕方に詩人が見たもの」は『わが心の故郷　アルプス南麓の村』に収録)。

文学者を、その作品に自分の影をとどめないシェイクスピア・タイプと、その作品が自分の体験と緊密に関わりあうゲーテ・タイプに分けるとすれば、ヘッセは典型的なゲーテ・タイプで、その作品は一篇の詩にいたるまで実際の体験から生まれている。そしてヘッセは、はるか昔の人ではなく、私の祖父と同じくらいの世代の人であり、優等生タイプでも、聖人君子でもないので、私はヘッセに対して強い親近感を抱いている。

またヘッセは、自分の心に忠実に生きることを信条とし、何ものにも屈することなく八十五年の生涯にわたってそれを貫いた人である。少年時代から、親にも、学校にも、宗教や道徳にも、外部からの強制にはことごとく反抗し、自由とわがままを愛した。その反面、自分に対しては人一倍厳しく、信じがたいほどの勤勉な努力家であり、常に内面の充実を図り、自己を高める努力を怠らなかった。詩人、作家、評論家として膨大な著作を発表したことはもちろんであり、卓越した読書家でもあった彼は、三千点ものすぐれた書評を発表し、生涯に書いた手紙はじつに三万五千通以上、趣味の水彩画でも三千点を超える作品を残し、庭仕事は身体が動かなくなるまで毎日続けたという。

本書を訳しながら私は、このようなヘッセの生涯と人間的魅力にあらためて深い感銘を受けた。

学校時代のはじめての恋愛体験以来、私は、あきらめの女性崇拝者であり、拙劣な、勇気のない、臆病な、成功したためしのない女性求愛者だった。私の愛した女性はみな、私にはあまりにももったいなさすぎて、手が届かないように思われた。私は若者のころ、ダンスもせず、恋のたわむれもせず、親密な恋愛関係など一度ももったことがなかった。そして長い結婚生活を通してずっと深い欲求不満を感じて、女性たちを愛し、渇望したけれど、やはり避けてもいた。そしてもう年をとりはじめた今になって、呼んだわけでもないのに、突然、私の人生行路のいたるところで女性たちと出会うようになり、昔の私の引っ込み思案は消え失せてしまった。女性たちの手が私の手を求め、たくさんの唇が私の唇を求め、私が住んでいるところにはどこにでも、いたるところに靴下どめや、ヘアピンが部屋の隅にころがっているのである。そしてこの少し相手の多すぎるあわただしい性愛生活のまっただ中で、たくさんの短い恋文を読んでいるさなかに、髪の毛と肌とおしろいと香水の匂いの中で、私は、私の心の中の何かが、この生活が何を望んでいるのか、そしてその結果がどうなるのかをはっきりと知っているのだ。……

（本書二四五頁より）

自らこのように述懐しているように、ここには少年時代の異性への初めての淡いあこがれ、恋する少女へのいちずな思い、青年時代のロマンチックな激しい情熱、それに比べてあまりにも空しい片思いと失恋、そして、打って変わって壮年時代から初老にかけてのさまざまな女性たちとの性愛等々、ヘルマン・ヘッセの赤裸々な愛の遍歴が集められており、それらがほぼ年代順、発展過程の順番に収められている。

このような遍歴を経てヘッセは、愛こそ人間生活の中心におくべきものと確信する。

この世を見通し、それを解明し、それを軽蔑することは、偉大な思想家たちの仕事であろう。けれど私にとって大切なのは、この世を愛しうること、それを軽蔑しないこと、この世と自分を憎まないこと、この世と自分と万物を愛と感嘆と畏敬の念をもって眺めうることである。

（本書三〇三頁より）

ヘッセは、相対立するもの、たとえば相容れないと考えられている各宗教の場合においてもそれぞれの長所を認めた。そしてキリスト教の「愛」を中心におき、中国の「道《タオ》」、インドの「梵我一如《ぼんがいちによ》」を融合させて、聖書の「汝自身を愛するごとく、隣人を愛せ！」を、「隣人を愛せ、隣人は汝自身なればなり！」と修正し、これを実践することがすべての幸せのもとだという境地に達するのである。

本書はどこから読みはじめてもよい詩文集ではあるけれど、一度ははじめから通して読んでみると、さらに興味と理解が深まるであろう。この場合、前述の割愛した二篇も考慮に入れていただければ幸いである。「イーリス」は、最初の妻マリーアに捧げられた作品であり、「夕方に詩人が見たもの」は、短期間ではあったが二度目の妻となったルートにまつわる作品といわれているからである。原本では、前者は「愛の歌」(本書二四四頁)の次に、後者は「再会」(本書二三〇頁)の次に収められている。

本書には、原本にはないヘッセの各年代の写真七点と、訳者編の簡単な「ヘルマン・ヘッセ年譜」を収録した。これらが内容の理解に少しでも役立てば幸いである。

今回の翻訳に際しても、ケルン大学教授ハンスユルゲン・リンケ博士夫妻から多大の教示と助言を受けた。また本書をほぼ訳了したこの九月、私はフランクフルトでフォルカー・ミヒェルス夫妻と会食をする機会に恵まれ、原本に関していくつかの貴重な情報をいただき、訳書用の写真を貸していただくなどお世話になった。そののち、スイスのアルチェーニョの居宅にハイナー・ヘッセ氏を訪ねて、父君ヘッセについていろいろと興味深いお話しを伺うことができた。以上の方々に心から感謝の意を表する次第である。

出版に当たっては、草思社の木谷東男氏と株式会社エディコムの相内亨氏に並々ならぬお世話になった。厚くお礼申し上げたい。

一九九八年十一月二日

岡田《おかだ》朝雄《あさお》

文庫版あとがき

一九九八年に草思社から刊行された、ヘルマン・ヘッセ『愛することができる人は幸せだ』（フォルカー・ミヒェルス編）が二十一年を経て、草思社文庫に収められることになった。この間、二〇〇七年より『ヘルマン・ヘッセ文学全集』全十六巻が臨川書店より刊行され、編集長田中裕氏のご厚意により、本書に収められている『ハンス・ディーヤラムの修業時代』『旋風』『人生の倦怠』『ピクトールの変身』など比較的頁数のある作品も全集に収録された。その際に全体を見直し、また、全集編集委員の方々のご意見も参考にさせていただいて、訳文を訂正した。やや大きな訂正は、題名『ハンス・ディーヤラムの修業時代』を『ハンス・ディーアラムの見習い期間』に、『旋風』を『大旋風』にしたこと、訳文・訳注に関しても若干の修正をしたことをお断りしておきたい。あらためて、田中編集長、編集委員の方々に厚くお礼を申し上げる次第である。

年をとるにつれて、また私の人生の中で見いだしたささやかな満足感がしだいに気の抜けた、味気ないものになってくるにつれて、私がどこによろこびと生きる源を求めなくてはならないかが、ますますはっきりしてきた。愛されることは何ものでもなく、愛することがすべてであることを私は体験した。そして私たちの存在を価値あるものにし、よろこびに満ちたものにするものは、私たちの感情、感覚以外の何ものでもないことが、だんだんはっきりとわかってきたように思った。（中略）一見したところさまざまな感情があったけれど、根底においてそれはひとつのものであった。（中略）私はそれを愛と名づける。幸せとは愛であり、それ以外の何ものでもない。愛することのできる者は、幸せである。私たちの魂に、魂自身の存在を感じとらせ、魂自身が生きていることを感じとらせる私たちの魂の動きは、どれもすべて愛である。それゆえ、幸せである者は、たくさん愛することができる者である。（本書二九五〜二九六頁）

これは、本書の題名が生まれるもとになった文章である。ヘッセは「愛」を最も重要なものとして人間生活の中心に置き、生涯「愛すること」を貫いた人である。本書はその作者の「愛」に関する作品や文章を、詩、小説、随筆、論文、書簡から集めたもので、これは、『ヘッセ全集』二十巻や『ヘッセ書簡全集』四巻の編集者フォルカー・ミヒェルスにして初めてできた仕事であると思う。

わが国が平和であった平成の時代の最後に、本書がふたたび世に出ることは、まことにうれしいことである。

文庫版刊行に当たっては、草思社の編集長藤田博氏に大変お世話になった。厚くお礼を申し上げたい。

二〇一九年二月

岡田朝雄

＊本書は、一九九八年に当社より刊行された著作を文庫化したものです。

草思社文庫

愛することができる人は幸せだ

2019年4月8日　第1刷発行

著　者　ヘルマン・ヘッセ

編　者　フォルカー・ミヒェルス

訳　者　岡田朝雄

発行者　藤田　博

発行所　株式会社 草思社

〒160-0022　東京都新宿区新宿1-10-1
電話　03(4580)7680(編集)
03(4580)7676(営業)
http://www.soshisha.com/

本文組版　有限会社 一企画

印刷所　中央精版印刷 株式会社

製本所　中央精版印刷 株式会社

本体表紙デザイン　間村俊一

ISBN978-4-7942-2392-0　Printed in Japan

庭仕事の愉しみ

ヘルマン・ヘッセ　岡田朝雄＝訳

庭仕事とは魂を解放する瞑想である。草花や樹木が生命の秘密を教えてくれる。文豪ヘッセが庭仕事を通して学んだ「自然と人生」の叡知を、詩とエッセイに綴る。自筆の水彩画多数掲載。

人は成熟するにつれて若くなる

ヘルマン・ヘッセ　岡田朝雄＝訳

年をとっていることは、若いことと同じように美しく神聖な使命である（本文より）。老境に達した文豪ヘッセがたどりついた「老いる」ことの秘かな悦びと発見を綴る、最晩年の詩文集。

ヘッセの読書術

ヘルマン・ヘッセ　岡田朝雄＝訳

よい読者は誰でも本の愛好家である（本文より）。古今東西の書物を数万冊読破し、作家として大成したヘッセが教える、読書の楽しみ方とその意義。ヘッセの推奨する〈世界文学リスト〉付き。

草思社文庫既刊

シッダールタ

ヘルマン・ヘッセ　岡田朝雄＝訳

もう一人の〝シッダールタ〟の魂の遍歴を描いたヘッセの寓話的小説。ある男が生の真理を求めて修行し、やがて世俗に生き、人生の最後に悟りの境地に至る。二十世紀のヨーロッパ文学における最高峰。

少年の日の思い出

ヘルマン・ヘッセ　岡田朝雄＝訳

中学国語教科書に掲載されている「少年の日の思い出」の新訳を中心に青春小説の傑作「美しきかな青春」など全四作品を集めた短編集。甘く苦い青春時代への追憶が詰まったヘッセ独特の繊細で美しい世界。

昭和二十年　第1〜13巻

鳥居 民

太平洋戦争が終結する昭和二十年の一年間、何が起きていたのか。天皇、重臣から、兵士、市井の人の当時の有様を公文書から私家版の記録、個人の日記など膨大な資料を駆使して描く戦争史の傑作。

草思社文庫既刊

マーク・フォステイター＝編　池田雅之＝訳

『自省録』の教え

折れない心をつくるローマ皇帝の人生訓

ローマ帝国時代、「いかに生きるべきか」をひたすら自らに問い続けた賢帝マルクス・アウレリウス。その著書『自省録』を現代を生きる人の人生テーマに合わせて一冊に。**『自分の人生に出会うための言葉』改題**

バーバラ・J・キング　秋山勝＝訳

死を悼む動物たち

死んだ子を離そうとしないイルカ、母親の死を追うように衰弱死したチンパンジーなど、死をめぐる動物たちの驚くべき行動が報告されている。さまざまな動物たちの行動の向こう側に見えてくるのは——。

山口創

手の治癒力

ふれる、なでる、さする——手の力で人はよみがえる。自分の体にふれ、他人とふれあうことが心身を健康へと導く。医療の原点である「手当て」の驚くべき有効性を最新の科学知見をもとに明らかにする。

草思社文庫既刊

保坂和志
人生を感じる時間

ただ、自分がここにいる。それでじゅうぶんじゃないか——。論じるのではなく、時間をかけて考えつづけること。人生と世界の風景がゆっくりと変わっていく随想集。**『途方に暮れて、人生論』改題**

保坂和志
いつまでも考える、ひたすら考える

大事なのは答えではなく、思考することに踏み止まる意志だ。繰り返される自問自答の中に立つことの意味を問い、模倣ではない自分自身を生きるための刺激的思考。**『「三十歳までなんか生きるな」と思っていた』改題**

勢古浩爾
結論で読む人生論

人は何のために生きているのか——老子、孔子、カント、トルストイ、漱石、アッラーなど賢者たちが説く〝人生論〟を一刀両断に読み解く。約50通りの人生論がたどり着いた結論を一冊に凝縮した人生論批評。

草思社文庫既刊

勢古浩爾
定年後のリアル

定年後は、人生のレールが消える。義務や目標から解放される代わりに、お金も仕事もない淡々とした毎日がやってくる。終わりゆく人生、老いゆく自分をどうとらえるか。老後をのほほんと生きるための一冊。

勢古浩爾
定年後7年目のリアル

「なにもしない」静かな生活はコシヒカリのような滋味がある。定年生活も早くも7年目に突入した著者が、不安を煽るマスコミに踊らされず、ほんわか、のんびり、日々を愉しく暮らす秘訣を提案。

勢古浩爾
さらなる定年後のリアル

そこそこの健康と、そこそこの自由。これさえあればなんとかなる——。68歳を迎えた著者が老境に入りつつある心境や日々のリアルをユーモアたっぷりに語る。好評「定年後のリアル」シリーズ書き下ろし！

草思社文庫既刊

徳大寺有恒

ダンディー・トーク

自動車評論家として名を馳せた著者を形づくったクルマ、レース、服装術、恋愛、放蕩のすべてを語り明かす。快楽主義にも見える生き方の裏にあるストイシズムと美学——人生のバイブルとなる極上の一冊。

徳大寺有恒

ダンディー・トークⅡ

クルマにはその国で培われてきた美学がおのずと投影される。ジャグァー、アストン・マーティン、メルツェデス、フェラーリ、セルシオ等、世界の名車を乗り継いできた著者による自動車論とダンディズム。

川口マーン惠美

ドイツ流、日本流

30年暮らして見えてきたもの

国民性の異なるドイツと日本のはざまで暮らしてきた著者が、買い物・教育・食生活・政治などでのちがいをユーモアあふれる筆致で語る、比較文化エッセイ。『サービスできないドイツ人、主張できない日本人』改題